唐朝背影

◎和谷 著

西 安 出 版 社
西安曲江出版传媒股份有限公司

图书在版编目（CIP）数据

唐朝背影 / 和谷著. -- 西安：西安出版社，
2018.6（2022.6重印）
ISBN 978-7-5541-3148-0

Ⅰ．①唐… Ⅱ．①和… Ⅲ．①散文集－中国－当代
Ⅳ．①I267

中国版本图书馆CIP数据核字（2018）第127859号

唐 朝 背 影
TANGCHAO BEIYING

著　　　者：和　谷
统筹策划：范婷婷
责任编辑：张增兰　邢美芳
责任校对：张忝甜
装帧设计：刘俊飞　纸尚图文
责任印制：宋丽娟
出　　版：西安出版社
　　　　　（西安市长安北路56号）
发　　行：西安曲江出版传媒股份有限公司
　　　　　（西安曲江新区雁南五路1868号影视演艺大厦14层）
印　　刷：三河市嵩川印刷有限公司
开　　本：889mm×1194mm　1/32
印　　张：5.5
字　　数：93千
版　　次：2018年6月第1版
印　　次：2022年6月第2次印刷
书　　号：ISBN 978-7-5541-3148-0
定　　价：46.00元

读者购书、书店添货或发现印装质量问题，请与本公司营销部联系、调换。
电话：（029）68206213　68206222（传真）

作者和谷先生历时多年勘踏走访，在上百万实录文字的基础上，创作了这部以唐陵为切入点的唐代历史文化散文。

目 录

一
混血王朝

01

在咸阳城西北125公里外的田地里，埋葬着前秦君主苻坚。

公元3—6世纪，中国北方政治混乱，战争不断。中国历史上第一个大变革时期——战国的几个国号在这个时候又重新出现了。十六国的国号有五凉四燕、三秦二赵、一成一夏，战国七雄的国号出现了三个。

其中，五胡十六国在长安定都的政权中，前秦最为强大。

由氏族人建立于公元350年的前秦，国都定于渭水流域的长安，为乱世带来第一缕曙光。

符坚，于公元 370—376 年间统一中国北部，使前秦成为强大的军事国家，威胁着长江流域的东晋。著名的典故"投鞭断流"表现了他南下统一中国的雄心壮志。虽然如此，他本人并不是靠暴乱起家的武夫，他重视教育，每月亲自到太学学习，考核官员。但是，他统一天下的抱负在一次非同寻常的南征战役中终结，这就是著名的淝水之战（383）。他本人也被手下叛将姚苌杀死，前秦国灭，后秦取而代之。

时间倒回到淝水之战前一年（382），符坚遣手下吕光攻伐焉耆，继灭龟兹，获得了一份特殊的"战利品"——高僧鸠摩罗什。

但是，随着符坚兵败和权力的丢失，鸠摩罗什在凉州滞留了 10 多年，直至后秦攻伐凉州，鸠摩罗什才被正式迎请至中原长安。在这里，鸠摩罗什受到新统治者的礼遇，被尊为国师，在逍遥园和西明阁主持译经。但实际上，在鸠摩罗什到来之前，长安已是北方地区译经和佛法弘传的重镇，法筵之盛、传译之繁、传习之广，令他深为赞叹。

02

早在公元 1 世纪初，佛教在若干方面满足了中国社会不同阶层的需求，因此进入华夏世界。其间，国家的支持大大推动了寺院的发展以及佛学研究的进步，佛教的传播比起几乎同时期的基督教在欧亚大陆西部的传播要广泛得多。

鸠摩罗什来长安的前后 400 年内，中国僧人开始大批去往中亚与印度朝圣远游，其中便有著名的法显和尚。在走出去和引进来的两种交流格局下，长安在公元 4 世纪中叶以后成为佛学研究的主要中心。

今天，遗留在丝绸之路沿线数以万计的佛教造像展示了魏晋时期统治者和民众对于佛教的狂热程度。佛教主要沿着通商道路，并借助交流大潮而来，其中最主要也是最早的途径，便是通过阿姆河与甘肃的绿洲地带，即古丝绸之路的重要一段传进中国，并以北方的长安、洛阳为中心传播开来。

西域一带的文化，兼受印度、希腊、伊朗的影响，首先传播至中国北部地区，复传至中国其他地区、朝鲜及日本。中国与日本若干佛像的服饰、姿态、面容都保留有希腊雕像的遥远印记。更为重要的是，佛教的引进极大丰富了宗教、哲学、文学、艺术等传统文化内容，这些文化在通过中国中转式的改造与融通后，深刻影响了中国周边的东亚国家。

考古学家曾在西安未央区大明宫街道井上村东发现了一座北周墓，墓主人为中亚粟特人萨保，曾任北周凉州刺史。墓室石刻均采用浮雕彩绘贴金，一方面有祆教文化的体现，另一方面也表现出受汉文化的影响，比粟特本地的文化更加丰富多彩的一面。在墓里出土的一块石碑的铭文上，用粟特文写着"库姆丹"，经专家学者考证，认为即指长安。

考古发掘中，考古学家们陆续发现了一些昭武九姓胡及其后裔们的墓葬和墓志。有一座墓葬，墓主人及其妻康氏分别为史国和康国人，均属昭武九姓，即历史上所称的"粟特人"。昭武九姓胡人活动于今中亚阿姆、锡尔两河流域，以"善贾"著称，主要信仰拜火教——祆教，南北朝以后大批徙入中国新疆和内地，通过漫长的丝绸之路频繁往来于中亚与中国之间，操纵着国际商贸活动，对中西文化的沟通交流起到过至关重要的作用。

前赵、前秦、后秦、西魏都以长安为首都，公元407—431年间，匈奴族铁弗部人赫连勃勃建立了"大夏"政权。赫连勃勃在霸上（今陕西西安东）即帝位，都城建于陕西西北部的统万城。后北魏攻取长安，次年降统万城。大夏成为最后一个匈奴政权。因政权更迭、战乱不息，长安城始终未能恢复汉代的繁荣。

北周继承了前代北魏孝文帝改革以及西魏宇文泰军事改革的成果，延续了诸多汉化的政策，统治阶层均在所有领域迅速而彻底地改从华夏风尚，并且这种影响一直持续到隋唐时期。

从另一个维度讲，汉人在与文化及生活方式不同的外来居民交往中，其文化内涵得到不断的充实丰富。在华夏文明的形成过程中，来自草原游牧地区、汉藏接壤区以及华南地区的文化影响至为重要，影响包括驾车方式、马鞍样式、马镫样式、桥梁样式、建筑方式、草药学等。

从更远的文明来看，由于胡汉融合本身的开放与兼容性，加之许多文化以佛教的方式传播的温和性，华夏文明对于远方文明呈现出更为包容的姿态。其后的隋唐王朝，在对内部关系及外来文化的处理方式上，无疑是魏晋南北朝的继往开来者。

03

　　几乎是同时，在欧洲，公元 476 年，西罗马帝国崩溃后，出现各个族群国家并立的局面。欧洲甚至从此进入了长达 10 个世纪的漫长黑暗时期。由于缺乏统一的强权政治，生产力发展近乎停滞，宗教腐败化，文化发展遭受束缚。

　　相似的状况在东方却出现完全不同的结果。作为世界文明的两极，中国与罗马在这一时期都发生了重大政治危机，但是，中国却形成了更为强盛的隋唐帝国。

　　魏晋南北朝长达 370 年的分裂与战乱，为什么没有造成中华文明的消亡？这与中华民族持续的统一向心力密不可分。分裂与战乱之后，北方很快出现了新的中央集权制国家，同时，特殊的政治与社会形态，形成了思想文化生活的丰富性和多样性；长江流域的南朝，则是中国历史上思想、文学、艺术方面最光辉的时代之一。

　　正如中世纪的欧洲盛行基督教一样，同时期的中国佛教极为盛行。与西方不同的是，交替的政权利用并监管着宗教的走向，使得中国的宗教没有出现像欧洲中世纪那样的黑暗氛围。由于战乱给人们造成了巨大创伤，佛教不仅成为世人寻求理想社会的精神寄托，更成为外域文化进入和传播的重要载体。长达3个多世纪的胡汉杂居融合和宗教传播下的文明交流，为隋唐的开放埋下了伏笔。

二 统一之路

01

9个月取得天下，3个月统一全国，10余年海内大治。这样的成就，中国历史上唯有隋文帝杨坚一人！

他，是如何做到的呢？

他没有嬴政的祖荫，没有刘邦的豪放，没有李世民的英武，他有的是冷静的头脑、坚强的意志和自控力，以及超越时代的战略眼光。在他的统治下，隋朝成为最具革新精神的时代，各种创新制度奠定了中国封建政权的基本构架。他之后不久，中国迎来了人类历史上农耕文明的巅峰时期。然而这样一个人，却长期沉寂于历史，无人关注！

唯有深入历史的细节，才能揭开那被埋没的真相。

在今天的陕西省西安、宝鸡、咸阳三市之间，坐落着中国唯一的农业高新技术产业区，它原本有一个充满历史气息的名字——杨陵，后改"陵"为"凌"，称为杨凌。现代人改名字是为了避讳"陵墓"的字眼。但换个角度讲，作为一座帝王陵墓所在地，何尝不是一种荣耀。这里所埋葬的，是隋代开国皇帝——隋文帝杨坚和他的皇后独孤伽罗。

隋文帝泰陵高27米，底部边长约160米，它呈覆斗形的封土，和秦汉葬制颇为相合。之前的北周时代，流行周朝的不封不树，曹魏是疑冢制式。到了隋文帝，又恢复了旧葬制。在秦汉葬制消失几百年后，旧制复兴，这也传达出墓主人追慕强秦雄汉、一统大好江山的心理。

杨坚本是汉族人，但在40岁之前，名字却叫作普六茹那罗延。这个鲜卑族形式名字的背后，是一个混血交融的大分裂、大变革时代，这个时代给了他抹不去的人生底色。

公元541年，在北朝西魏的国都长安城中，杨坚出生在当朝大将军杨忠的府上。他出生后不久便奄奄一息，一位法号智仙的尼姑救活了小杨坚。智仙说，这个孩子不能由凡人养育在凡尘之中。就这样，小杨坚在13岁之前一直跟着智仙生活在寺庙里。

智仙给小杨坚取了个佛教名字——那罗延，意思是金刚力士。

晨钟暮鼓中，古佛青灯下，杨坚渐渐长大成人。

童年的生活环境，对一个人的性格往往有着重要的影响。

《隋书》记载，杨坚的性格是"虽至亲昵不敢狎也"，意思是，即便是最亲密的人也不敢和他开玩笑。苦行僧一样清心寡欲的童年生活，造就了杨坚克制、坚忍、近乎刻板的性格。长年安静的环境、无边的孤独，使得杨坚比同龄人更为深沉稳重。杨坚的血统和出身，直接影响到他后来的政治抉择。杨坚是一个开放包容的人，有着谨小慎微、勤奋节俭、坚忍不拔的性格。这种性格使其不张扬，务实而不图虚名，在艰难险恶的环境中笑到了最后。

从杨坚留下的书法来看，他用笔灵动，笔画清爽而不乏骨力，有种超凡脱俗的气质。这可视为他幼年在寺庙里练就的童子功。

年幼时的杨坚头上已经戴上了几顶官帽，这皆是因为杨氏家族属于中国历史上一个最为显赫的贵族集团。

天苍苍，野茫茫，风吹草低见牛羊。今天的呼和浩特市北部的武川县，曾是北魏建立之初在北方边境设置的军事重镇。

北魏末年，天下大乱，从这里出发的一批军人来到关中，他们的首领宇文泰采用鲜卑八部氏族兵制，设立八柱国，下辖十二大将军、二十四开府。

这些柱国将军形成了最显赫的大家族，凡子孙出则为将，入则为相，内部又通过婚姻关系相互联结。史学界把他们叫作"关陇贵族集团"。

著名历史学家陈寅恪认为，关陇贵族集团是古代中国第一贵族集团，因为它共创造出 4 个王朝，其中西魏皇室是柱国，北周、唐朝的始祖也是柱国，隋朝的始祖为大将军。

西魏八柱国之一的独孤信由于身兼多项高官要职，其手中大印竟有 26 枚之多。

独孤信有 7 个女儿，大女儿是北周皇帝宇文毓的皇后，四女儿是唐朝开国皇帝李渊的母亲，七女儿独孤伽罗嫁给杨坚成为隋朝的皇后。独孤信一门竟然出了三朝皇后，他被民间戏称为"天下第一老丈人"。

盛极一时的关陇集团，曾纵横中国近200年，在西魏、北周、隋、唐初，皇室与主要的将相大臣大多出自以武川镇军人为班底的军事贵族集团，这在中国历史上也是绝无仅有的奇迹。

杨坚的父亲杨忠是西魏十二大将军之一，北周时官至柱国大将军，封隋国公。杨忠死后，杨坚承袭了爵位，与独孤家结亲，后来又把自己的大女儿嫁给了周宣帝宇文赟为皇后。他在关陇集团的地位日益提升。

公元579年，周宣帝病危，弥留之际，召宠臣郑译和刘昉入内，接受遗诏。继位的周静帝年幼，由谁来辅政呢？史书记载，这时宣帝已"暗不复能言"。虽然皇帝不能说，但他们要写出来，写谁呢？两个大臣不约而同地选择了国丈杨坚。

他们选择杨坚大概有三个理由：一是杨坚有权力，有威望；二是杨坚跟他们关系不错，还是郑译的同窗，二人自己的权利会得到保护；三是按惯例，辅政大臣最好与宗室有联姻关系，可保证江山不变色。

于是，正如清代历史学家赵翼所说："自古得国之易，未有如隋文者。"公元581年，小皇帝周静帝禅位于杨坚，大隋王朝正式建立。杨坚是历史上第一个所谓"黄袍加身"的皇帝，也是由他开始，黄色成为皇帝的专用颜色。

<h1 style="text-align:center">03</h1>

据《资治通鉴》记载，唐太宗曾经问房玄龄和萧瑀：隋文帝是一个怎样的皇帝？萧瑀说：隋文帝处理政事极为勤勉，每天上朝，他总是一一召见五品以上官员，认真听取汇报，一起商讨政务国事，以至经常错过吃饭时间，只好让宿卫的兵士随便弄些饭来充饥；下朝回到宫中，仍焚膏继晷批阅文件，直到夜深人静。

隋朝建立之时，国家面临的形势是：北面的突厥频频南下，虎视眈眈；南方的陈朝，偏安东南，负隅顽抗。隋文帝的统一之路，首先选择了向北解决突厥的进逼问题。

隋文帝启用了一位外交天才：长孙晟。长孙晟的女儿后来成为大唐的皇后，即长孙皇后。开皇二年（582），突厥沙钵略可汗起兵时，长孙晟认为，突厥

《历代帝王图》中的隋文帝杨坚

五大可汗中的三个跟沙钵略可汗都有矛盾，大隋应该利用他们的矛盾，"远交而近攻，离强而合弱"。

隋文帝非常赞同长孙晟的见解，派他到突厥内部煽风点火，使其分崩离析。到开皇五年，东突厥可汗沙钵略西抗阿波可汗、南抗大隋，终于筋疲力尽，再也撑不下去，向隋求和。西突厥也失去了往日的气焰，隋朝北部的威胁基本解除。

就这样，隋文帝对外征战稳固边疆，对内则重拾旧河山，重心向经济建设转移，关照民生。

04

2004年初，考古学家在今天西安含光门遗址博物馆附近的城墙断面处发现了一个隐藏的砖构建筑，原来这竟是个引水涵洞，经考证，建成时间为隋初。专家推测，这很可能是隋朝开国的第一大工程——营建新都的遗物。

汉长安城到隋代已使用了800多年，地下水遭到污染，且渭河水患频繁，于是隋文帝起用宇文恺建设新的都城，这就有了恢宏的隋唐长安城。

新城选在了龙首原东南的一片平地上。这里渭水干流自西向东从城北流过，而发源于秦岭的多条河流又自南向北流入关中平原，这就构成了新长安城的自然水系。后来又根据地形相继开凿了5条渠道，从城东城西把8条河流的水引入城中，渠道纵横交错，呈网状分布，八水五渠便构成了有利于水上交通与生态环境的基本水道系统。

那么，城市的布局又是如何设计的呢？

今天，在四通八达的西安城内，坐车从北至南穿过全城，并不会感觉地势有明显的上升。但在隋唐时期，这种由北到南不断上升的地势却是具有神秘意义的。

宇文恺在都城建设规划中，把《周易》理论运用到都城的设计之中，从梁洼相间的天然地形中找出了6条东西向横亘的高坡以象征乾卦的六爻，据此布置各类建筑，显示出特殊的功能分区。

这就是隋大兴城，日后聚集百万人口的世界大都市唐长安城的开端。

这是一个既能够体现君王尊贵，又能满足中央集权象征的城市，也是中国历史上最大的都市。今天的西安城，面积仅为隋唐长安城的七分之一。

隋朝也被称为水运帝国，它最为突出的浩大工程是运河。今天江苏淮安的山阳渎，就是隋文帝时期所修的一条颇有军事战略价值的运河。

开皇七年（587），隋灭后梁。为了渡江灭陈，统一江南，隋文帝采纳了大将贺若弼所献的《灭陈十策》。其中一策为：以老弱残兵和破旧战船陈于邗沟一线，用以麻痹陈国，另在邗沟之东开一新河，使精锐之师隐蔽其中，伺机攻陈。

此计得到隋文帝的称赞。于是从湾头镇起，利用运盐河向东至宜陵，由宜陵转向北，经樊汊，入高邮，达射阳湖至末口入淮，一条新的运河诞生了。这条运河被称为山阳渎，不仅用于平陈大业，也在日后成为京杭大运河体系的动脉。

05

据说南朝陈亡国之前有大雾。

大雾弥漫在建康城，铺天盖地无孔不入，每个人的鼻子里都是又辣又酸。《资治通鉴》载，后主陈叔宝甚至在大年初一朝会百官时昏睡过去，直到黄昏才醒过来。

就在这一天，隋文帝杨坚派出的大军已兵分两路渡过长江，兵临城下。20 天后，这位亡国之君成为俘虏。当隋军把陈后主和他瑟瑟发抖的嫔妃一起从井里拉上来以后，陈朝的统治落下帷幕，而中国历史从此大为改观。

从黄巾起义、董卓入京到隋文帝灭陈，这 400 余年的中国历史可以这样来概括：统一的大帝国一分为三，这就是三国；短暂统一之后再次大分裂，就是五胡十六国；然后是四分五裂变成南北对峙，形成南北朝；最后是西方战胜东方，北方统一南方，诞生了新的中华大隋帝国，这个路线图其实跟当年的秦并天下几乎是一样的。

隋文帝和秦始皇相比，秦始皇结束的是诸侯国导致的分裂，而隋文帝结束的是北方各族政权与汉族政权的分裂。五胡入主中原所造成的分裂，原因复杂且深刻，统一起来也更难，然而隋文帝做到了。

隋文帝的出现，代表了当时民族大融合、人心思定的大势所趋，是历史的必然。隋文帝的统一，不但扭转了南北各自为政的历史方向，而且强化了中华民族统一的意识。自隋结束了绵延 400 余年的战乱以后，中国就再无长久的分裂了。

"南朝四百八十寺，多少楼台烟雨中。"军事上统一南方之后，如何收复这一地区的民心，隋文帝采取的最重要的办法之一，便是弘扬自己最喜欢的佛教。而南方的佛教基础本来就很深厚。

　　隋文帝在江南各地建塔 110 余座，其中南京栖霞寺舍利塔名列榜首。隋文帝通过复兴南方佛教凝聚人心，并不断缓和民族矛盾，召唤流民归土耕垦。

　　平陈之后，隋文帝大力网罗南方的文化人才。他还慨然下诏：献书 1 卷即得 1 匹丝绸。当时一个农民一年的赋税大约是 3 匹丝绸，献书 1 卷即相当于税赋减少了三分之一。所献书籍由国家组织人力抄写，原书归还献书者。

　　自东汉末年起，历经丧乱，隋朝初期国家藏书仅有 1 万卷，而经过隋文帝发起献书活动后，藏书最多时有 37 万卷。

　　政以农为本。

　　魏晋南北朝时期，躲避战火的上百万中原人口，迁徙到了长江流域定居，使江南迅速得到开发。中国南北方经济在此时日趋平衡。隋一统天下后，破碎的山河迅速得到恢复，特别是气候湿润、土壤肥沃的江南，经济一片欣欣向荣，成为魏晋以来中国经济发展最快的地区。

如果像强秦、雄汉一样用一个字来概括一个朝代的特点，那么隋朝的特点就是"富"。隋朝被公认为是历史上最为富庶的王朝之一，而且脱贫致富的时间之短更是史无前例。

　　隋朝，究竟富裕到何等程度呢？

06

　　2004年9月，考古工作者在洛阳发现了一个古老的仓窖，对照史书记载推断，确认这个仓窖正是隋代著名的国家粮仓——回洛仓。回洛仓遗址东西长1000米，南北宽355米，面积相当于50个标准的足球场。从发掘情况看，回洛仓每个仓窖内径和深度都达10米以上，可储粮食150到250吨。回洛仓共有700多个这样的仓窖，大约可储存15万吨粮食。更令人惊讶的是，回洛仓还只是隋代的六大粮仓之一。隋朝国家之富，超出人们的想象。

　　元人马端临在《文献通考》中曾说：古今称国计之富者莫如隋。

那么，隋朝又是怎样富裕起来的呢？

隋朝的经济奇迹，主要应该归功于朝廷对人口的控制能力。通过掌控人口强化税收管理，仓库迅速得以充实，经济实力便加强了。

当时贵族势力大，依附于贵族的人口不用到政府登记，不向国家纳税，只给贵族交一些租就行。隋文帝推行新政，按拥有地、人、牛的多少分上、中、下户，上多交下少交，弱势群体享受政府优惠。这样一来，无须强迫，这些依附人口就自觉脱离大户，申报户口，纳税人就多了。另外推行核准实际年龄的政策，入户调查，如有隐瞒则严惩。这样，隐瞒少了，全国增加了几百万纳税人，调动了生产力，国家的经济实力也就增强了。

隋朝最根本的经济措施是恢复均田制。男受永业田 20 亩、露田 80 亩，女受露田 40 亩。18 岁受田，永业田可以传家，露田死后交回。不论授田多少，只按丁口交纳赋税和服役，每丁每年交纳一定量的谷物和纺织品，男丁不能履行服役义务的，可以用租调代替。

历史学家钱穆认为，这种赋役制度的意义在于为民制产，让农民有田有家，让农户自由选择纳税形式，有利于促进生产专业化，极大地调动了生产积极性。

公元 617 年，洛河边的人们汇聚在一起，每个人都喜笑颜开，步履匆匆，对倾倒在路边成堆的稻谷不屑一顾，也不在意米粒从筐篓洒漏下来，黄土地上仿佛铺了一层白沙。

这是隋朝末年瓦岗起义军奇袭隋朝国家粮仓洛口仓后开仓放粮时的场景。粮食对身处乱世的饥民具有无穷的吸引力，瓦岗军在占领洛口仓数月之后，兵力从万余人猛增至二三十万人。

粮仓，在隋末群雄逐鹿的烽烟中扮演了一个至关重要的角色。谁占据了它，谁就占据了主动；谁能最终拥有它，谁就拥有了天下。

隋文帝执政时间虽然短暂，却做出了几件惊天动地的大事。三省六部制、均田制、府兵制的推行和改革，成就了隋初的开皇之治。尤其是科举制的创立、大兴城的修建及大运河的开凿，更是隋朝功不可没的业绩。

所以目睹隋朝覆亡的唐太宗曾感慨地说：隋朝末年留下的粮食，大唐还可用上五六十年。而隋炀帝正是自恃国家富饶，奢华无道，从而导致国家灭亡的。

18世纪末的一天夜里，进入军事学院学习的拿破仑正在灯下饶有兴趣地阅读伏尔泰的名著《风俗论》。

书中写道："在中国皇帝中，隋文帝是这个世界上古往今来最高雅伟圣的君主，隋朝君主体制是世界上最完备的政治体制，隋朝经济是世界上最繁荣的经济，隋朝文化是世界最先进的文化。"

拿破仑读到这里，惊叹羡慕不已，他说："如果我出生在1100多年前的中国隋朝，我一定会为隋文帝效犬马之劳！"

这样的认同与赞叹之声，在3个世纪后的西方仍在延续。美国学者迈克尔·哈特的《历史上最有影响力的100人》中，中国古代的皇帝有两人入选，一个是秦始皇，另一个就是隋文帝。

秦始皇上榜的原因，是他用武力统一了中国，而隋文帝杨坚的上榜，则出乎许多中国人的意料。对于隋文帝杨坚入选，哈特在书中说：他最重要的改革之一，是实行通过科举考试选拔政府官吏的制度，为中国提供了一批批非常得力的行政官员。

而《剑桥中国隋唐史》这样评价：隋朝消灭了其前人过时的、无效率的制度，创造了一个中央集权帝国的结构。人们在研究其后的伟大中华帝国的所有结构和生活的各个方面时，不能不看到隋朝的成就。

可如此强大的隋朝，为何短短38年便土崩瓦解，被唐朝所取代？这和隋朝第二代帝王隋炀帝杨广大有关系。

杨广于公元 604 年登基，次年改元大业。隋炀帝与他谨慎勤俭的父亲截然相反，追求的是大功业、大气魄和大手笔。

隋亡 200 年后，诗人白居易写下长诗《隋堤柳》："……后王何以鉴前王？请看隋堤亡国树。"为什么美丽的柳树被白居易称为"亡国树"呢？

今天江苏扬州市的市树是柳树，在纵横交错的河道边及大街小巷，杨柳无处不在。李白的名句"烟花三月下扬州"中，"烟花"指的正是漫天飞扬的柳絮。柳树与扬州的结缘，起于大运河，更因为隋炀帝。京杭大运河开通后，隋炀帝下令在运河两岸广种柳树，从洛阳一直种到扬州。他又御书赐柳树姓杨，这也是后来"杨柳"一词的来历。

而隋炀帝南巡游乐的龙舟船队，运河两畔夹岸的柳绿桃红，没有成为大隋百姓的福祉，却成为百姓肩头沉重的负累。

漫漫的运河古道上，江山易代，历史兴亡，让白居易的浩叹油然而生：

南幸江都恣佚游，应将此柳系龙舟。……海内财力此时竭，舟中歌笑何日休？……龙舟未过彭城阁，义旗已入长安宫。

大隋江山此时已摇摇欲坠，曾经恢宏的大隋，被突然降临的一场剧烈的暴动摧毁。

土坟数尺何处葬？吴公台下多悲风。

在距离都城千里的扬州吴公台，被侍卫杀死后，隋炀帝被草草葬于此处（唐代改葬雷塘），留给后人无尽的叹息。仓促寒酸的王陵，昭示出主人公悲剧化的结局。

炀，是帝王所能得到的最恶的谥号。而明清演义小说又把杨广的荒淫形象进一步放大，隋炀帝因此一直被认为是著名的昏君和暴君。然而从唐代开始，历朝历代就不断有人为隋炀帝鸣冤，比如唐代诗人皮日休诗云：尽道隋亡为此河，至今千里赖通波。若无水殿龙舟事，共禹论功不较多。

如果隋炀帝没有水殿龙舟这样奢侈的大船巡游的事，凭着开凿大运河这样的功绩，他和大禹的功劳都可以相比较。

07

中国大地上最庞大的两个古代工程，一是万里长城，另一个是大运河。

由于地形的原因，中国境内的主要河流流向都是自西向东。因此，从黄河流域到长江流域，物质的交换和文化的交流，就只能靠车马走旱路。"车辚辚，马萧萧"，哪里比得上"轻舟已过万重山"？那些扬帆远航的船上，承载的远远不止粮米和丝绸，更是一个民族自古以来的愿望。

公元605年，隋炀帝下令兴建洛阳城和开凿大运河，两大工程一起建设。从605年开始开凿通济渠，到610年打通江南河，一条南起余杭，北至涿郡，贯通海河、黄河、淮河、长江和钱塘江五大水系，全长4000多里的运河全线贯通。以秦岭和淮河一线为分野的南北方，从此得以贯通。

由于大运河的开通，陆上和海上两条丝绸之路基本贯通起来。商旅从广州港登陆，取道梅岭进入洪州，再向东进入钱塘江，就可以一帆风顺地从杭州而扬州，而洛阳，直至丝路的东方起点长安。

至此，覆盖中华全境的水上高速运输线彻底贯通。

大运河为大唐盛世奠定了最重要的交通基础。扬州城也因位于大运河与长江交会处的独特地理位置，一跃成为天下第一的富裕城市。

最令人称道的是这条经历了1000多年的古老运河，至今仍在蓬勃有力地支持着中国的经济发展。千百年来，从历史上的"南粮北运""盐运"通道，到现在的"北煤南运"干线，以及防洪灌溉干流，大运河都发挥着不可忽视的作用。可以说大运河是隋代留给后世最为巨大的物质遗产。

隋炀帝的确为中华民族留下惠及后代的工程，但他急功近利，耗竭民力，使得隋朝百姓苦不堪言，民不聊生。

实际上，营建洛阳城和开通运河，都是当年北魏孝文帝拓跋宏做过和想做的事。并且，在经历了长时期的动荡和分裂后，一国之君必然会考虑打通南北，隋炀帝的想法是顺应历史潮流的。为此，他双管齐下，营建东都，修建运河，结果是为民族建立了千秋伟业，给自己留下了万古骂名。

大运河，后世功德无量，当时劳民伤财。据统计，隋炀帝执政的后期，仅历史文献中可以确认的反政府武装力量就有 200 多个，其中有勋贵出身的李密，有农民出身的窦建德。

按照《隋书·食货志》的说法，当时为盗为寇造反起义的天下人，竟多达十之八九。

可以说，死前的炀帝已是人神共愤，千夫所指。

帝王苦竭生灵力，大业沙崩固不难。隋之亡，即是因此。

幸运的是，有人从隋炀帝的灭亡中吸取了教训。正如此人所说，水能载舟，亦能覆舟。隋之兴，在于顺乎民心；之亡，在于背弃民心。他从隋亡教训中汲取经验，爱惜民力，以民为本。

一个政权的任何政策的出发点，要把人民的利益放在首位。正是这个人在基本沿用了隋朝制度的情况下，改换了治国的思路，带领一个王朝走向了巅峰。

这个人正是唐太宗李世民。

三 贞观之治

01

关中平原北部，有一道横亘东西的山脉，它位于"东方帝王谷"的北侧，与南部的秦岭遥相对峙。这道山脉在陕西礼泉县境内，突兀而起一座山峰，周围均匀地分布着九道山梁，这就是九嵕山。

贞观十年（636），唐太宗的发妻长孙皇后病逝，唐太宗遵皇后遗言"依山而葬"，选择九嵕山作为自己和皇后的归宿之地，定名为昭陵。自此开创了唐代 18 座帝陵"依山为陵，凿石为穴"的陵寝制度。

以名画《步辇图》来看，唐太宗身材魁梧，宽额深目，长着一副弯曲蓬密的络腮胡子。虽然唐太宗李世民出身于汉族军人世家，先祖李虎是北朝西魏的八大柱国之一，但因为祖上与胡人世代联姻，李世民形象性格颇有塞外草原民族的特征。

甘肃陇西草原，曾经是放牧军马的马场，这里相传是李世民家族的发祥地。生活在这里的人和战马相伴，特别擅长骑射。李世民曾说自己自幼喜好弓马。他随身的武器是一张巨大的弓，名叫柘木弓。他的箭，比一般的箭要大出 1 倍，百步之外，能洞穿门阖。他 16 岁参军，18 岁随父李渊揭竿而起，23 岁成为天策上将军，打败隋末所有叛军，统一全国，这样的军事才能在中国历史上极为罕见。

贞观十年，李世民发布《九嵕山卜陵诏》，诏书中说："佐命功臣，义深舟楫……追念在昔，何日忘之！"李世民把大臣们比作船桨，他说想起各位贤臣的功劳，仿佛船只离不开船桨，没有一天忘记过。所以若灵魂有知，愿意与群臣们将来在地下"居止相望"。

唐太宗首葬长孙皇后于昭陵后，即制《九嵕山卜陵诏》，号召文武大臣及皇亲国戚死后陪葬昭陵。在唐太宗的号召下，大唐的文武大臣和皇亲国戚都以陪葬昭陵为荣。

从贞观年间开始，直至开元年间，有数百位显赫人物陪葬昭陵，从而形成了一个庞大的帝王陵园。前后陪葬昭陵者有宰相 13 人，丞郎三品 50 人，功臣大将军 60 人，还有众多嫔妃、王子、公主等等。

02

昭陵，总面积 20000 公顷，周长 60 公里，不仅是大唐第一陵，也是中国历代帝王陵园中面积最大、陪葬墓最多的一座。

李世民手下的大将秦琼，贞观十二年（638）病死后，陪葬昭陵。秦琼之墓，位于礼泉县袁家村，这位《隋唐演义》中的主人公，历史上先为瓦岗寨大元帅，后追随李世民做部将，大唐开国后封翼国公。

而传说中以三板斧著称的唐朝开国名将、凌烟阁二十四功臣之一的程咬金——程知节之墓，位于昭陵上营村西果园中。

还有以尚书左仆射总领百司多年的大唐第一宰相房玄龄之墓。在他的墓前是著名书法家褚遂良所书房玄龄碑，碑文长达 2000 余字。

在昭陵博物馆内，可以看到大量的"三绝碑"，即墓碑主人、撰写碑文者、墓碑书丹者都是著名人士，比如欧阳询所书的温彦博碑、王知敬所书的李靖碑、赵模所书的高士廉碑、殷仲容所书的马周碑。可以说在昭陵陪葬的初唐文臣武将中，后人耳熟能详者比比皆是。

这些文臣武将不仅在唐朝威名赫赫，甚至在整个中国古代名人榜上也常常名列前茅。这也让后人无数次追问：为什么在唐太宗的贞观时代，会涌现这么多的人才？

乾隆皇帝曾经认为：贞观之治来源于初唐绝佳的君臣关系，而唐太宗最为后人称道的本领就在于"用人"和"得人"，很多人才甚至是被他从敌人那里吸引、提拔出来的。比如被后世老百姓尊为门神，当时号称"武艺天下第一"的尉迟敬德，出生于山西朔州，隋末天下大乱时被盘踞山西的刘武周招入麾下，与唐军交战时刘军大败，于是尉迟敬德就投奔了李世民。

尉迟敬德虽然归降，但仍有很多人对他不信任。他随李世民讨伐王世充，刘武周部下的一些高级将领纷纷从李世民的手下逃跑。为防不测，李世民手下的将领把尉迟敬德囚禁了起来，并建议李世民早点杀掉他。李世民却说：他是那一批投诚的人中最有能力叛逃之人。他要是想叛，怎么会等到现在呢？马上放人。李世民还亲自接见被缚的尉迟敬德，为他解绑，并好言相慰。一番感人的话语，让尉迟敬德就此下决心终生追随李世民，这才有后来尉迟敬德的单骑救主等种种汗马功劳。

尉迟敬德与夫人苏氏的合葬墓，位于九嵕山东南约20公里处。尉迟敬德，因军功显赫位列凌烟阁二十四功臣的第七位。

漫长的战斗岁月，使贞观君臣不仅成为一个荣辱与共、利益攸关的政治团体，也给传统的君臣关系注入了一种可贵的战友深情。

李世民正是成功驾驭了这些英雄豪杰，用7年时间完成大唐统一的战争。大唐王朝的三分之二疆域，都是他和功臣们打下来的。

03

在昭陵北面祭坛东西两侧，有6块青石浮雕石刻，这就是任何一本介绍中国艺术史的图书都不会漏掉的、闻名世界的雕塑珍品——昭陵六骏。

昭陵六骏每块石刻宽约2米，高约1.7米，分别名为"拳毛䯄""什伐赤""白蹄乌""特勒骠""青骓""飒露紫"。

　　这是李世民6匹战马的真实名字。这6匹马都曾作为李世民的坐骑，跟随他在大唐统一战争中南征北战。

　　李世民首先是一个身先士卒、力战沙场的战将。他当过侦察兵，也做过断后掩护，甚至还有独身一人在对方阵营睡着的记录。他是一个神射手，并且曾经手刃十数人——据此推测其近身武功也相当了得。

　　李世民最重视骑兵，他手下最精锐的部队名为"玄甲军"。《资治通鉴》记载："秦王世民选精锐千馀骑，皆皂衣玄甲。……每战，世民亲被玄甲帅之为前锋，乘机进击，所向无不摧破，敌人畏之。"

　　皂是黑色，玄也是黑色，玄甲军即是一支穿黑衣戴黑甲、让人望而生畏的王牌军。以玄甲军每次当前锋的战斗状态来看，它应该是一支重骑兵。

　　昭陵六骏东面第二骏名叫"青骓"，苍白杂色，是李世民在平定窦建德时所乘之马。石刻中的青骓身中5箭，均是在冲锋时被迎面射中，但箭却多射在马的后部，由此可见骏马奔驰的速度之快。

　　昭陵六骏中唯一一个有人像的浮雕，是大将丘行恭与李世民的爱骑"飒露紫"。这个浮雕的来由要从一场战争说起。武德三年（620），唐高祖李渊命李世民率兵 10 万征讨洛阳王世充。李世民与王世充在洛阳城外的故马坊激战，想查看敌人阵势的情况，找机会杀出敌阵。虽然阵形被打散了，但王世充部下的江淮精锐也不是等闲之辈，与唐军殊死力战，李世民的坐骑飒露紫在混战中被射倒，危急万分。关键之时，大将丘行恭冲到身旁，勇杀数敌，并让李世民骑上自己的战马，换下了身受多处箭伤的飒露紫。石刻记录了丘行恭为飒露紫拔箭时欲拔而又不忍的感人场面。

在大唐建国 7 年后，全国的统一基本实现。此时的秦王李世民功勋卓著、声势浩大，一批武艺超群、智谋非凡的武将文臣也都围在李世民身边。因此李世民和胞兄太子李建成的关系日益势同水火。

唐太宗昭陵的主门是北司马门，中国古代建筑讲究坐北朝南，南门一般为正门，而昭陵却以北门为重，也许是因为长安皇城的玄武门即是北门，而李世民的一生命运与玄武门息息相关。

昭陵六骏之飒露紫

04

唐高祖武德九年（626）六月初四清晨，李世民在玄武门设伏，射杀太子李建成和齐王李元吉。此举结束了多年的兄弟相争，也令李世民顺利登基，改元贞观。

2013年，警方和西安市文物稽查部门收缴了一方墓志，墓志上只有55个字，却因为具有重要意义，被定为国家一级文物。

这方墓志的主人正是被李世民杀死的太子李建成。在墓志的志文中，李建成的谥号"隐"字明显被更改过。谥号是对一个人的最终评价，刻写之前必定经过反复讨论，至于李建成的谥号则一定为唐太宗亲拟，然而刻写之后又匆匆修改了。据推测，墓志之中，应当是改"炀"字为"隐"字。可见李世民的心中对于李建成和玄武门之变，一直是纠结的。因为得国不正，所以李世民几乎用一生来告诫自己，时时要有危机感。

危机感使唐太宗无法居功自傲。在即位的最初，他甚至食不甘味、寝不安席。如何做一位让世人心悦诚服的明君？如何尽快安抚好饱经战乱的苍生，治理好满目疮痍的国家？

水能载舟，亦能覆舟。根据对隋末长期战乱的观察体会，李世民感悟到，政权好比一艘大船，要想大船能够驶得稳行得远，最重要的不在水手，而是船长要做好。所以李世民提出了"正人先正君"。

而在"正君"方面贡献最大的首推魏徵。

在昭陵主峰西南，有一座依山开凿的陪葬墓，和唐太宗一样"依山为陵"，这是唐代所有大臣陪葬墓形制中级别最高的，这座陪葬墓的主人就是贞观之治的代表人物魏徵。

魏徵原在太子李建成手下任职，也曾建议太子杀掉李世民，但李世民在玄武门之变之后不仅没有处置魏徵，反而爱惜魏徵之才，魏徵也回报知遇之恩，成为著名谏官，在贞观一朝向皇帝诤谏200余事。

魏徵曾经对皇帝的一件家事进谏过。

在昭陵出土的400余幅壁画珍品中，有一幅无疑是其中的杰作，壁画仿自东晋顾恺之的传世之作《洛神赋图》，画面流丽飞动。这幅绝世珍品出土于长乐公主墓。

墓中还出土了一方精美的辟雍砚，这是公主生前的实用之物。长乐公主天生丽质又精通书画，作为唐太宗与长孙皇后所生的嫡长女，深受李世民宠爱。

可惜长乐公主23岁时突然暴病而亡，唐太宗悲痛地将她安葬在距离九嵕山主陵最近的地方。这一墓葬是迄今发现的公主墓中地位最高的，在其陵墓中出现了三道石门，几乎是以太子之礼下葬，充分显示了长乐公主在唐太宗心中独特的地位。

长乐公主13岁下嫁于长孙冲时，李世民下令：照妹妹永嘉长公主出嫁时的嫁妆数量翻1倍，陪送长乐公主。这道圣旨刚下达，就招来了魏徵的抗议。他引经据典，认为公主的嫁妆绝不可以超过姑姑。李世民心里不痛快，但也说不过魏徵，只好从其言。李世民回宫后向长孙皇后说明了原委，长孙皇后感叹：我和陛下乃是夫妻之情，说话时往往都还要注意你的情绪脸色，魏徵不过一介臣子，就敢犯颜直谏，真是维护社稷的国家栋梁啊。

魏徵墓碑的碑额用蟠桃作为装饰，这在昭陵所有石碑中仅此一例。有人认为，这是唐太宗借3000年才开花结果的蟠桃，寓意魏徵是千年不遇的人才。

后世公认魏徵对贞观之治最大的贡献，在于其建议唐太宗改变治国方略。

李世民登基两个月之后，一场关于治国路线的辩论在大臣之间展开。唐太宗问：方今正值大乱之后，天下恐怕很难治理吧？以封德彝为代表的一群大臣都认为：治乱世必须用重典。但是魏徵认为，乱世之民人心思治，饥者易为食，渴者易为饮。经历长期战乱之后，老百姓都渴望安居乐业，统治者应该顺民心，行王道，施仁政。

唐太宗最终听取了魏徵的意见，从而制定出极其重要的治国方略：从战时体制及时转变为解兵罢战，以民为本，轻徭薄赋，发展经济。

唐太宗后来感慨地说："贞观初，人皆异论，云当今必不可行帝道、王道，惟魏徵劝我。既从其言，不过数载，遂行华夏安宁，远戎宾服。"

唐太宗采纳魏徵的建议推行王道，首先与政治对手实现和解，同时以农为本，发展生产，减轻徭赋，让百姓休养生息，提倡诚信道德。结果仅用了4年就天下大治，牛羊满山坡，人人安居乐业，户户丰衣足食，远行不必带干粮，物价低到斗米3钱。

马上打天下转型为下马治天下，唐太宗是建国伊始的皇帝中做得最好的。

05

　　以王道治国，就应该"用法务在宽简"。唐太宗命令长孙无忌、房玄龄等大臣对《隋律》和唐高祖武德年间修成的《武德律》大事精简。贞观十一年（637）修成的《贞观律》宽平简约，审慎周详，不仅确定了整个唐代国家法律的基本内容，也让贞观法制成为中国封建时代的刑法典范。

　　要想让大唐这艘大船开得远开得稳，还要保证它日常运营得好，国家需要有良好的管理制度、人才制度。科举制和三省六部制，都在贞观年间得到发展和完善，这是唐太宗留给后代最大的财富。

　　在昭陵临川长公主墓中，出土了两通珍贵的石刻诏书，一通为贞观十五年（641），唐太宗封李孟姜为临川郡公主的诏书；另一通是永徽元年（650），唐高宗加封其姐为长公主的诏书。通过这两通诏书，我们可以看到三省六部制度实际运行的情况，即使是皇帝封自家的女儿、姐妹，也不是随心所欲的，要遵守国家一道道严密的组织审批规范。

一般诏书的形成，需要中书省草拟，门下省审复，尚书省颁行3个阶段。所以临川公主的册封诏书明显分为3个部分，经门下省审核后复奏皇帝，由皇帝"画可"后，付外施行，后面则是尚书省的文字，这段由尚书左仆射房玄龄签署的文字，表明尚书省遵旨施行。

　　由此可以看到，在唐代的大部分时期，皇帝的权力还是很受制约的。三省中门下省的核心工作，就是约束皇帝。

　　在贞观时代，理论上，如果门下省的官员审核不过关不签名，圣旨就发不出去，哪怕皇帝在公文上亲笔画了"可"，门下省官员照样有权把圣旨打回中书省，叫"秘书们"重拟，甚至自己提笔上阵，在皇帝已经批准的敕旨上乱改一气再扔回去。这在制度上是允许的。

　　在如今西安的南城墙上，从西至东有六座大门，朱雀门位于南门的西边，而在唐代，长安城皇城南城墙的正门是朱雀门。1000多年前，唐太宗来到朱雀门之上，正巧看到许多新考取的进士从门前鱼贯而出，他不无自得地说："天下英雄，尽入吾彀中矣。"

　　唐太宗所看到的，正是贞观时期科举制完善之后出现的前所未有的场景，它影响了中国古代历史千余年，是人才选拔制度的一次重大革新。

科举制是两汉以来中国历史上第三种官员选拔制度，前两种分别是两汉的察举制和魏晋南北朝的九品中正制。察举的执行人是政府的各级官员，从宰相到郡守均有考察推荐人才的义务。九品中正制的执行人却是多由豪门担任的名为"中正官"的专职官员，这才造就了"上品无寒门，下品无势族"的门阀政治。而无论察举或九品中正制，都不考试，结果使得考察成了形式。

　　科举是一定要考试的。通过由国家统一组织的考试来选拔官员，这是中国人的一大发明，可谓开现代公务员考试制度之先河。实际上同为选拔官员，科举与其他方式的本质区别就在于16个字：设立科目，统一考试，公平竞争，择优录取。

　　今天西安曲江池畔建起的大唐芙蓉园，在贞观时代，正是新科进士们聚会的地点。诗人孟郊在四十五六岁经过第三次科考，终于考中进士之后，写下了千古名句"春风得意马蹄疾，一日看尽长安花"，诗句道尽了万千寒门学子奔赴仕途前程的苦与乐。

　　唐朝能够走向盛世，成为中国古代封建王朝的一座高峰，就是因为唐太宗深知国家强盛的根本在于人才荟萃，百姓富庶。

　　国家头等大事只有两件：一是让老百姓富起来，二是得人用人。所以，唐太宗呕心沥血建立健全选官制度，从打破家世不拘一格起用人才，大力推行科举制度，到严格考核，绩优升迁，用贤任能，罢黜庸才，整治腐败，每一个环节都有相应的制度规定，既要让人才能够脱颖而出，又要让所有的官员都受到制度的约束。

唐太宗给唐朝设计了一张宏图，他在造一艘大船。这艘船不但有着明确的航向，更有着众多经验丰富的水手，加上严密的组织管理，各部门协调配合，井井有条。不过唐太宗并不是一位仅满足于守成的皇帝，他小心地行驶，不仅是为了躲避暗礁，更是为了立于潮头，让他的大船驶向更宽阔的天地。

作为一代天子，李世民始终不敢懈怠，在其《温泉铭》中，他不厌其烦地解释自己泡温泉是为了治疗风湿病，此举是担心后世评论他奢侈倦怠。

唐太宗带来了贞观之治，开创了大唐帝国雄功伟业的基础，使得他的后代子孙继往开来，创造了万国来朝的大唐盛世。

四
万
国
来
朝

01

公元 476 年，西罗马帝国灭亡，黑暗的中世纪开始了。到了 6 世纪，西方国家在黑暗中已经越陷越深。与此同时，在中国却出现了一种完全相反的景象，这里开启了一个辉煌而自由的时代——唐朝。

大唐帝国最重要的开创者，无疑是唐太宗李世民。他奠定了中国历史上最为意气风发、国运昌隆的时代的基础。

何为盛世？历来标准不一，众说纷纭。但从老百姓朴实的感受来讲，当生活在大唐的国民走向世界的时候，只需要轻轻地说一声"我是唐朝人"便会引来钦羡的目光，这就是盛世。

盛世其实就是这样简单。有霸气无霸道，既自信又雍容，他们深信自己的大唐王朝是世界上最文明最富强的国家。

昭陵的陪葬墓群东侧仅一沟之隔的冶姑岭上，是唐太宗妃子韦贵妃的陵墓。墓内出土的一件贴金彩绘双头镇墓兽和一对彩绘贴金天王俑堪称珍品，而墓内壁画幸免于山洪和雨水渗透的破坏，从墓道至墓室都大面积保留了下来，绘于天井两壁的两幅《献马图》笔力遒劲，气象恢宏，堪称初唐鞍马画的翘楚之作。

《献马图》蕴藏着来自西域的一段秘史。画上的两名献马者身材伟岸，体格健壮，皆卷发阔口，高鼻深目，是典型的西北少数民族人物形象。左边一位牢牢抓着缰绳，右边一位双臂紧抱马头，皆目视前方。这两幅壁画显然是画家根据西北少数民族向唐王朝贡献良马的史实，提炼升华后绘成的。

在初唐画家阎立本绘制的《职贡图》中，我们可以看到一些更为荒远的少数民族因为景慕大唐王风，也不远万里，跋山涉水来到大唐，贡献珍物。

贞观年间，唐太宗通过军事实力，征服了东突厥、吐谷浑、高昌、龟兹、薛延陀等西部少数民族邦国和部落。战争结束后，唐太宗并没有采取民族歧视压迫政策，他说："自古皆贵中华，贱夷狄，朕独爱之如一。四海之内，皆朕之赤子。"唐太宗以开明民族和解政策改善了民族关系，加强了民族团结，被各少数民族尊为"天可汗"。天可汗即全天下至高无上的帝王。而"天可汗"的荣誉又是如何取得的呢？

02

中国历史上有好几个"千古一帝"，但只有唐太宗同时做好了"打天下"和"治天下"这两件事。和平时期长久地治理国家，不能用战争时期军事统治那一套，而是适当调整制度，按照法律来管理国家。

而对于民族问题，不惹事，也不怕事，则显示出大唐帝国军事实力的威武。

贞观三年（629），唐太宗任命李靖、李勣、柴绍、李道宗等为行军总管，出兵征讨扰乱西域的东突厥，拉开了大唐解决边疆民族问题的帷幕。这是自汉朝对匈奴战争之后，中原地区对草原游牧民族最大的战争。

昭陵陵区内有两座陪葬墓的封土非常特殊，它们都由并列的3个高大的夯土堆构成。这是为了纪念墓主人率军西征的赫赫战功。

　　其一是曾任兵部尚书的卫国公李靖。3个东西并列的封土堆，中间一座高12米，其余两堆一个模仿突厥境内的铁山，一个模仿吐谷浑境内的积石山来塑造。另一位是凌烟阁二十四功臣之一的英国公李勣。他正是《隋唐演义》中足智多谋的瓦岗英雄徐茂公的原型。李勣墓冢的3个土堆分别象征阴山、铁山和乌德鞬山。李勣墓中出土的一顶三梁进德冠，以鎏金铜叶做骨架，以皮革张形，这是目前发现的唯一的唐代帽子实物。相传为唐太宗亲自设计，是对为国立功者最尊贵的赏赐。

　　对东突厥的战争进行到了贞观四年（630），天降大雪，李靖发动突袭，仅以3000名骑兵，顶风冒雪，攻其不备，以迅雷不及掩耳之势攻取了东突厥颉利可汗牙帐所在地定襄，威震大漠。通漠道行军总管李勣配合李靖的军事行动，从云中出发，向西北进军，中途遭遇突厥主力。突厥军张弓搭箭，一时间飞矢如雨，然而唐军穿着的铠甲挡住了大部分的飞箭。唐代的铠甲有13种，骑兵主要使用铁质的明光铠。这种铠甲的结构非常完备，堪称中国铠甲的巅峰之作。

明光铠以兜鍪护头，兜鍪两侧有向上翻卷的护耳，兜鍪还缀有垂至肩背用以护颈的顿项。胸甲一般分左右两片，居中纵束甲袢，左右各有一面圆护，或作凸起的圆弧形花纹。两肩覆盖披膊，臂上套有臂护；腰间扎带，腰带之下有两片膝裙护住大腿，小腿上则多裹缚"吊腿"。

唐军防守武器精良，进攻武器更为优良。唐军的进攻武器中最值得称道的是唐刀。李勣墓中出土了一柄木质仪刀，因为唐律禁止陪葬兵器，所以武将墓中仅陪葬象征性的武器。

唐刀与汉刀相比有了质的飞跃，刀身加宽，并且延长刀柄，使人可以双手持握，并使用了"包钢"的技术，就是部分刀身覆土，然后淬火，这样使唐刀外硬内软，拥有极强的韧性。最大的唐刀长近3米，称为"陌刀"。唐王朝的王牌精锐就是传说中的"陌刀队"。以精锐雄壮武士编队，百人齐挥刀，史称"如墙而进，人马俱碎"。

突厥国力不及唐王朝，武器装备和唐军相差太多，所以唐军战胜了突厥主力部队。颉利可汗措手不及，只得狼狈出逃。

颉利可汗派遣特使到长安向李世民求和，表示愿意归附。但这只是颉利可汗的缓兵之计，他想等到第二年春暖之后，草青马肥，再与唐军大战。

李世民答应与颉利可汗讲和，而李靖却发现此时正是彻底击溃东突厥的良机。他亲率1万名精兵至阴山，全歼了突厥的一队巡逻骑兵，而后神不知鬼不觉地靠近颉利可汗的营帐。

此时颉利可汗正因李世民答应与其讲和而扬扬自得，忽闻唐军从天而降，仓促之间难以集合兵力迎战，颉利可汗奔逃，东突厥灭国。

03

唐军大败东突厥之后，其部众降附唐朝的有10余万。但如何处置突厥降众，朝廷里掀起了一场激烈的争论。有人建议把这些人全部迁入内地，也有人担心这些突厥人会继续作乱。

唐太宗认为，处置少数民族的办法，历来只有"征伐和亲，无闻上策"，他推行了一条符合李唐王朝利益的新政策，决定在东突厥颉利可汗故地设置都督府，以建立特殊州府的方式管理他们。

　　这是中国古代民族政策中最为著名的羁縻州制度的发端。羁指马的笼头，縻是缰绳。这些羁縻府州以部落的活动范围作为羁縻州区划，以番首酋长为都护，可以世袭。居民不向国家纳税，户口不呈送户部，仅由本部酋长向朝廷进献象征臣服的土产方物。可以保留本部落原有的军队，但只能"慎守封疆"，不可擅自行动，必须服从朝廷或都护府、都督府的调遣。

　　从贞观年间首次在东突厥故地设置都督府开始，到开元年间最后设置黑水都督府为止，百余年间，唐朝政府先后在东北、北方、西北和西南边疆设置了856个羁縻府州，是内地府州数量的2.6倍，而856个羁縻府州占了唐王朝整个版图的三分之二以上。

　　在这三分之二以上的辽阔领土上，居住着突厥、回纥、奚、党项、契丹、室韦等数十个少数民族。他们与汉族相互依存、相互交往、相互吸收、相互促进。这一时期，我国统一的多民族国家逐渐形成。

　　在新疆出土的唐代文物中，有一些饺子、馄饨、核桃、酸梅、葡萄干、馕、宝相花纹月饼等食物，这些保存了上千年的"美味"，至今看起来仍让人垂涎欲滴。在这些食物中，馄饨、饺子、月饼都是中原地区的传统食品，而葡萄干、馕则是新疆的土特产。可见在唐代，西域地区的居民就已经"吃遍"大江南北了。

昭陵李贞墓曾经出土一尊骑马女俑，她面貌上像汉族女子，但所戴的却是胡帽，且身着圆领长袍，衣袖瘦窄，都是女子胡服的典型式样。由此可见，当时"女为胡妇学胡妆，伎进胡音务胡乐"，胡服已成了居民的日常便服。

在昭陵出土文物中，最珍贵的雕塑除了昭陵六骏，当属十四番君长像。2002年昭陵正门北司马门考古发掘正式启动，陕西省考古研究院在祭祀殿处发掘清理出番君长像13个像座残块，以及多个雕像躯体，经对合确认了至少9个雕像的躯体。

这些雕像对当时各少数民族首领的容貌特征、穿着服饰等都进行了细致入微的刻画，反映出不同民族的特色。有深眼高鼻者，有满头卷发者，有辫发缠于头者，有头发中间分缝向后梳拢者，有戴兜鍪者……民族与民族之间的差异，个体与个体之间的差异，在石像上都表现得淋漓尽致。

十四番君长即唐代14个番夷君王酋长，其中有4个突厥部落可汗、丝绸之路上的4个王国的国王，还有一些更远的政权，比如南亚的婆罗门、越南南部的林邑王，以及在青海、甘肃一带的游牧王国。

十四番君长中还有一位女王，她是朝鲜半岛上的新罗乐浪女郡王金真德。十四番君长中最为人熟知的，则是与大唐文成公主成亲的吐蕃赞普松赞干布。

自北宋以来，后人对十四番君长谁在东边、谁在西边一度混淆，甚至把一个人的名字分成两个人，现在根据基座与石像的成功对接，已经把西侧的人物排列搞清楚了。西侧的番君长都是西北少数民族，分别是吐蕃赞普、高昌王、焉耆王、于阗王、薛延陀可汗、吐谷浑可汗和龟兹王。而这些国王清晰的"祖述"石刻文，是研究唐王朝与周边地方政权关系非常珍贵的资料。

04

从今天新疆吐鲁番市东行 40 公里，即可看到一座恢宏的古城——高昌。高昌总面积达 200 万平方米，全城分为外城、内城和宫城 3 部分。外城的东南面和西南面各有一处寺院的遗址，城正中偏北是一个用红土坯筑成的高台，遗下的残破台基约有 15 米高，附近发现过雕有图案的石础和绿琉璃瓦片，有人认为，这里即是麹氏王朝的宫殿遗址。

唐朝建立不久，麹氏高昌国由麹文泰继位，他以西突厥势力为后台，阻碍丝路畅通，贞观十三年（639）冬，唐王朝以侯君集为交河道行军大总管率兵出击高昌。

高昌王麹文泰听说唐军要来战，对大臣们笑着说：唐军根本来不了，因为唐都离我们有7000里，中间隔着戈壁荒漠2000里，冬天极冷夏天极热，哪能来呢！即便来了，劳师远征，多耗他们几天，他们没吃的了就得退军，到时我们就出击，一定能打败他们。

等到侯君集率大唐20万大军远征7000里，奇迹般兵临高昌城下时，麹文泰惊惧不已，突然死去，其子麹智盛仓促迎战唐军。侯君集于清晨发动进攻，升起5丈高的巢车，俯瞰城内，作为观察哨，指挥抛石车轰击，一时"飞石如雨，所向无敢当"。唐军在炮石掩护下，填平堑壕，撞击城墙，一时间，箭矢飞石犹如暴雨倾盆而下，高昌城半日告破。

现存于新疆博物馆的《姜行本纪功碑》记载了唐军攻打高昌时真正的制胜秘诀。

姜行本是一位将作大匠，是当时的高级工程师，他通晓机械构造之法。唐太宗深知征高昌是远离中原作战，既无援军，又无后勤保障，所以必须速战速决。因此他任用姜行本为行军副总管，带领大批工匠随军西征，在高昌城附近山谷里依山造攻城器械，改进过去的法式，把巢车、轒辒、抛石机、冲车、云梯、长稍等攻城利器改造得更加精妙。以巢车为例，士兵躲在巢车中，足以"俯瞰城中"，在它的指挥下，唐军的抛石车一打一个准。

唐朝征服高昌后，"国威既震，西域大惧"，贞观十四年（640），唐太宗在高昌故地设置西州，在交河城设置安西都护府，留兵镇守，统领西域。

贞观二十二年（648），大唐征服焉耆和龟兹，疏勒和于阗归附唐朝，安西都护府迁至龟兹。抚宁西域，大唐威势达到葱岭以西，与波斯和印度接壤。

高昌附近曾经出土过生产于公元 5 世纪至 8 世纪的绢纱和锦缎。这些隋唐时期的古代丝绸，经过千年风霜，颜色依然鲜艳夺目，图案繁复、典雅、美观，令人叹为观止。它们正是欧亚通道丝绸之路上运载的最重要的物资。

与汉朝时期的丝绸之路不同，唐朝因为控制了丝路上的西域和中亚地区，并建立起了稳定而有效的统治秩序，丝绸之路因此更为畅通。唐代开辟了天山北路的丝路分线，并将西线打通至中亚，因此丝绸之路的东段全面开放，加上这一时期东罗马帝国、波斯国内局势保持了相对稳定，令这条商路再度迎来辉煌。

05

丝绸之路不仅仅是一条商贸之路，更是传播世界文明，促进东西方交流、各民族文化融合之路。

昭陵出土文物中著名的釉陶骆驼，高44厘米的双峰驼，引颈昂首，张嘴嘶鸣，看来它即将踏上丝路，远征沙海。驼囊装得鼓鼓囊囊，驼囊两端横置着丝绸两卷。在丝绸下面一旁挂有猎获的山鸡、野兔以及扁壶、勺子等，另一旁吊着刀鞘、箭囊等。为解旅途寂寞，另有一只俏皮的猴子攀爬于袋上。

从1971年至今，考古工作者在昭陵陪葬墓中陆续发掘出数百件不同造型的骆驼俑。有单峰驼、双峰驼，有载物的，有载人的，有的抬头挺胸，有的引颈嘶鸣，这些骆驼俑生动地再现了骆驼在丝路古道上长途跋涉的艰辛。当年的驼队，正是带着黄土高原的尘埃，踏破河西走廊的寂静，经新疆大漠，穿越中亚，走向西亚，最终抵达地中海东岸。

汉代开辟的丝绸之路，在唐代结出了硕果，驼铃声声的丝绸之路，成为世界上最伟大的贸易之路、友谊之路和发展之路。

事实上，虽然秦汉文明已经具有世界性，隋唐却更是世界性的超级大帝国，影响力之广，远超其版图。而最应当注意的是，大唐固然影响了世界，世界同样影响了大唐。

在昭陵出土的众多文物中，反映少数民族和世界各地人物形象的陶俑、石刻、壁画比比皆是。例如郑仁泰墓出土的头戴尖形毡帽、深目高鼻、留有大络腮胡的阿拉伯人，段简璧墓出土的穿条纹波斯裤的波斯人，还有张士贵墓出土的戴软折沿帽、尖鼻细目、留八字胡、穿翻领束袖衫、善于经商的粟特人，等等，无不显示其彪悍、精明之气。

在长乐公主墓内出土了一幅《群侍图》，图中甚至绘有一位黑肤卷发，戴大耳环，来自非洲的"昆仑奴"形象。

贞观之治在于用人与纳谏。然而几乎每一个王朝在

昭陵郑仁泰墓彩绘釉陶骆驼

政治清明的时候，都会任用贤才和接纳谏言。那么唐朝兴盛最重要的原因，究竟是什么呢？

06

　　唐朝兴盛最重要的原因，在于其开国的恢宏气度，文化的海纳百川。唐朝是世界文化与学术的中心，具有强大的对内凝聚力和对外吸引力。

　　唐太宗本人开明的思想，也在其中起了非常重要的作用。

　　武德九年（626），御史祖孝孙被委任修订大唐新的礼仪音乐。贞观二年（628）六月，祖孝孙带着乐工们在朝堂之上进行首场演出，唐太宗带着文武百官一起来审定这些音乐。在朝堂上，唐太宗问大臣们，如何制定大唐新王朝的音律呢？御史大夫杜淹说：前代兴亡，实由于乐。陈将亡也，为《玉树后庭花》；齐将亡也，而为《伴侣曲》，行路闻之，莫不悲泣，所谓亡国之音也。唐太宗不同意他的说法，他说，音声能感人，是自然之道，"悲欢之情，在于人心，非由乐也"。他反对听音乐亡国的看法，甚至要当场为这些大臣演奏这两首"靡靡之音"：《玉树》《伴侣》这两首曲子我都可以弹奏给你们听，我知道你们听了，肯定是不会悲伤的。

就这样，唐太宗坚决抵制了将音乐政治化的说法，魏晋以来的音乐进步得到了肯定，艺术得到了解放，这才有了唐朝盛大乐舞的恢宏场面。

更重要的是唐太宗由此确立了兼收并蓄、海纳百川的文化政策，世界上的各种宗教思想、艺术文化都登上了唐朝这个大舞台，与中国文化相融合，开创了中国古代最为开放、最有气势的繁荣盛世。

在西安唐乐宫剧院，根据唐代旧谱发掘整理出的大型歌舞史诗《秦王破阵乐》颇受观众欢迎。

《秦王破阵乐》原出于唐太宗早年打仗时的军乐。后来唐太宗命魏徵等填词，又亲自画出《破阵舞图》，让音乐家吕才按图教 128 个人执戈戟而舞，后来逐渐成为唐代著名的歌舞大曲，气势磅礴，场面壮观。当年露天演出的《秦王破阵乐》甚至曾引入 2000 匹马参与演出。

昭陵出土的白陶舞马，展现了大唐骏马多样的分类，说明唐朝既有驰骋疆场的战马，也有能够随着音乐翩翩起舞的马。《秦王破阵乐》中糅进了龟兹的音调，婉转而动听。事实上，西域乐舞当时在长安早已压倒中华乐舞，胡旋舞和柘枝舞更为上流社会所喜欢。

唐太宗的开明，不仅体现在文化政策上，也体现在对民族政策充满创见。唐代从长安通往蒙古高原有一条宽阔的古道，它是草原丝绸之路的一部分，名叫"参天可汗道"。今天，在宁夏吴忠市附近的贺兰山脚下，还可看到这条1000多年前的古道遗迹。

贞观二十年（646），唐军大败割据漠北的薛延陀。在唐朝强大军事力量的威慑下，漠北11个部落上表归顺，言辞十分恳切，唐太宗决定抱病赶赴灵州亲自受降。

当年八月，唐太宗一行离开长安，沿泾水北上，于九月十五日到达今天宁夏吴忠市附近的灵州，分布在宁夏北部及青海、内蒙古各处的11个部族的首领，亲自出城列队迎接唐太宗车驾。

贺兰山山势雄伟，古人称之为"朔方之保障，沙漠之咽喉"，既削弱了西北寒风的侵袭，又阻挡了腾格里沙漠流沙的东移，成为银川平原的天然屏障。现存的贺兰山"天可汗"会盟台遗址，是大唐在西部偃旗息鼓，停止战争，"欢好之念永未断绝"的象征。

当时，唐太宗就在这个会盟台上，接受漠北各部落献上的珍贵礼物，他们尊唐太宗为"天至尊""天可汗"，唐太宗也爽快地答应了将这些部落列入大唐州县的请求。

为加强与唐朝的联系，这些北方部落首领提议开通由漠北通往长安的交通要道。贞观二十一年（647），太宗应邀于回纥以南、突厥以北，开"参天可汗道"，"量置邮驿总六十八所，各有群马酒肉以供过使"。

丝绸之路的畅通，"参天可汗道"的开辟，不仅加强了中央对西北边疆的控制，而且空前地便利了西北与内地的经济文化交流。

李世民深知仅凭武力难以保障中原地区不再受到周边少数民族的侵扰，只有通过中原地区繁荣的经济带动周边民族发展，提高其生活水平，才能使少数民族安定下来。因此他开辟道路，设立边贸市场。事实证明，繁荣的经贸往来正是促进民族团结和边疆安定的重要因素。

大唐之"天可汗"会盟台，默默矗立在漫漫戈壁的贺兰山下，万里长城和丝绸之路在这里交会。

唐太宗不远千里来到灵州举行会盟，用会盟替代对抗，用一条多民族共同繁荣之路——"参天可汗道"代替万里长城，这是灵州会盟极其特殊的历史价值。

其实，长城自诞生起至唐王朝建立的1000多年里，春秋战国、秦、汉、北朝、隋等朝代都相继修建过，其中仅隋朝统治的38年里就曾大规模修建过5次之多，唯独到了唐朝，对长城的修建却戛然而止。

《贞观政要》记载唐太宗曾对侍从说："隋炀帝不解精选贤良，镇抚边境，惟远筑长城，广屯将士，以备突厥，而情识之惑，一至于此。朕今委任李勣于并州，遂得突厥畏威远遁，塞垣安静，岂不胜数千里长城耶？"这表明唐太宗对隋炀帝大修长城颇不以为然，他认为富有战斗力的将军对游牧民族的威慑力其实远胜于长城。

07

读过唐太宗史料的人常常感受到，这样伟大的人物，作为后人虽无法望其项背，但随着他的足迹，循着他的思想，能真切地感受到他巨大的人格魅力，得到智慧的启发。

唐太宗留下两本成体系的论政要籍：《帝范》是他

写给太子李治的为君之道，《贞观政要》是后人辑录的唐太宗和大臣们的政论对话。这两本书后来被公认为是治国宝典，成为后世帝王们的必读书，连日本皇室也将其列为从政必览之作。

贞观二十三年（649）春，窗外虽然春和景明、繁花似锦，但李世民的身体已日益衰弱，他却还是常常强撑着去凌烟阁，看看曾和他一起浴血征战，为贞观辉煌殚精竭虑的老伙伴们。这时候，开国二十四功臣已所剩无几，抚摸着画像，李世民不禁伤感不已。

贞观十七年（643）太子李承乾因谋反被废，另一个嫡子李泰咄咄逼人，第三个嫡子李治过于怯懦，若立能力超群的李泰为太子，则承乾、李治一定被杀，于是唐太宗选择立李治为太子。庞大帝国交给李治，兄弟相残可免，但李治能驾驭如此复杂辽阔的国家吗？

"两度得大内书，不见奴表，耶耶忌欲恒死。"唐太宗在征辽东的路上给太子李治写了亲笔信《两度帖》，意思是说："两次收到宫里来的信，却不见雉奴（李治的小名）你的信，爸爸我担心得要死。"信中完全展示了唐太宗慈父情深的另一面。

唐太宗的精神经过太子之争的巨创后，过去的从容不见了，他急于解决所有问题。对于太子李治也不敢倚重，贞观十九年（645），他不听劝告亲征辽东。失败后，身体状况一落千丈。

贞观二十三年（649）五月，身体虚弱的唐太宗服用天竺丹药中毒，七窍流血，驾崩于翠微宫含风殿，时年52岁。

在敦煌第158窟有一幅著名的壁画——《各国王子举哀图》。各国王子听闻释迦牟尼涅槃的消息，一一赶来，有侍女搀扶着的头戴冕旒、身穿大袖裙襦的汉族王子，也有吐蕃、突厥、回纥等族以及南亚、中亚等国的王子。他们见到释迦牟尼涅槃后，十分痛心，有的割耳，有的削鼻，有的刺胸。

这样惨烈的画面并非画师们的想象，据记载，唐太宗逝世时，"回夷之人入侍于朝及来朝贡者数百人，闻丧皆恸哭，剪发，劙面，割耳，流血洒地"。这幅创作于唐朝的《各国王子举哀图》当是借鉴了当时人们哀悼唐太宗的场景。

昭陵陵区内碑刻众多，除了唐代的碑刻，还有众多后代帝王祭祀唐太宗时留下的石碑。这些祭祀石碑表达了后世帝王对唐太宗李世民由衷的尊崇。而在中国所有帝王陵寝中，由后世历代皇帝的祭祀石碑组成专门祭台的，唯有唐太宗李世民。

清乾隆皇帝曾称赞唐太宗："余尝读其书，想其时，未尝不三复而叹曰：贞观之治盛矣。"

昭陵中最大的谜团当属天下第一行书《兰亭集序》，若真如民间流传的一样被温韬盗出，为何世上只有《兰亭集序》的摹本，真迹从未现身过？

李世民喜爱书法，他将王羲之的《兰亭集序》放于枕边日日研习，并让手下大臣大量临摹晋代书法。

西安碑林内有块《大唐三藏圣教序碑》，是太宗李世民被玄奘西游艰苦取经的事迹感动，为其所译经文撰赐的序文。唐太宗希望用王羲之的字体来刻碑，长安洪福寺高僧怀仁历经20年，终于按序文把王羲之的字一个一个地搜集起来，成就了这块王羲之字体的《圣教序碑》。

中国文化在书法艺术天地中得以承袭，滋润着后人的精神家园。

历代评论李世民的一生，除对其弑兄和亲征高丽二事略有微词外，无不交口称赞。宋代欧阳修、宋祁在《新唐书》中赞美唐太宗一生虚心纳谏，始终居安思危，"甚矣，至治之君不世出也"。

"九天阊阖开宫殿，万国衣冠拜冕旒。"正是由于贞观时期唐太宗海纳百川、开明开放的治国思路，使大

《职贡图》局部

唐有了这样傲视群雄的气度。

大唐铸造的强盛国力和开放包容的心态，使中华民族在人类文化共同体的国际舞台上，赢得了世界空前绝后的尊重。

可以说，贞观之治是由一个从马上打天下成功转型为下马治天下的皇帝，和一群不畏权贵的大臣、一套分权制衡制度，以及一种开放、自信、融合的价值观，共同创造的一个万国来朝的伟大时代。

唐太宗与贞观之治，是一个人与一个时代的不期而遇。一个时代因一个人而登上历史的巅峰，一个人因一个时代而名垂千古。

五 母仪天下

01

在中国历史上，有一个叫武则天的女人，14 岁被唐太宗李世民封为五品才人，31 岁被唐高宗李治立为皇后，66 岁登基做皇帝，81 岁退位。她协助丈夫唐高宗李治，扶助儿子中宗李显、睿宗李旦，实际治理国家 50 年，维护了大唐帝国的统一和强盛。

武则天为自己取名"曌"，决心以自己的光芒照亮大唐的天空。

弘道元年（683），56 岁的唐高宗李治在东都洛阳驾崩。

按照唐朝的礼制，帝王陵墓的具体位置要通过堪舆的办法来选择，唐高祖李渊的献陵和唐太宗李世民的昭陵都是经过堪舆选定的。

武则天照例派出卜陵使前往关中堪舆。登临乾陵所居的梁山之巅，卜陵使发现，这是一处绝佳的风水宝地，并且非常有利于女主。身为皇后的武则天，不仅把梁山选为丈夫唐高宗的陵地，而且将梁山定为自己百年后的万年寿域，并将陵墓的名称定为乾陵。

乾陵，在东方帝王谷中是一座独一无二的陵墓。唐高宗李治在病死后的第二年，即公元684年，葬在乾陵，之后乾陵工程还在继续进行。

21年后的神龙元年，即公元705年，武则天去世，第二年与高宗合葬乾陵。

乾陵是陕西关中地区唐十八陵之一，位于陕西咸阳市乾县城北6公里的梁山上，东距西安80公里，位于唐长安城西北的"乾"地。从考古探测图来看，乾陵陵园基本呈方形，东、南、西、北四面分别有长度为1500米左右的墙垣。

昭陵开创了唐代因山为陵的形制，乾陵将其发挥到极致，并跻身世界著名陵墓之列，可与依托沙漠的埃及金字塔、依靠河畔的印度泰姬陵媲美，呈现出宏大的气势。

乾陵大体上是模仿唐高宗生前的生活环境设计的，所以在封域之内有两重城郭。第一重城郭是地宫和寝殿的所在地，相当于皇帝居住的宫城；第二重城郭是朝仪的所在，相当于国家机关所在的皇城。皇城之外，封域之内的大片地方为陪葬墓区，相当于外郭城或百姓居住的地方。

　　乾陵所在的梁山海拔 1047.9 米，为石灰岩质的圆锥形山体。梁山有三峰，北峰最高，即为乾陵；南面两峰东西对峙，上面各有一个土阙，是乾陵的天然门户。

　　从乾陵第一道门踏上石阶路，共有 18 座平台、537 级台阶，其台阶高差为 81.68 米。匠心独具的设计赋予了平台与台阶种种深刻的含意。18 座平台象征唐朝皇帝在关中的 18 座陵墓；第一层 34 级台阶象征唐高宗在位 34 年；第二层的 21 级台阶象征女皇武则天执政 21 年；第九层的 108 级台阶象征佛教的 108 颗念珠，每月的初九为吉祥日，12 个月的九相加正好为 108，象征每年会降下 108 个吉祥；第十七层的 21 个台阶象征唐朝历任 21 个皇帝；最后一个平台 8 级台阶象征八卦，八卦以乾为首、为上，因而乾陵也意味着天陵。走完台阶即是一条平宽的道路，直到"唐高宗陵墓"碑。宽阔的司马道长约 4 公里，直通地宫墓门。

02

1958 年 11 月，当地几个农民放炮炸石，无意间炸出了乾陵的墓道口。

1960 年 2 月，陕西省成立了"乾陵发掘委员会"，4 月 3 日开始发掘乾陵地宫墓道，5 月 12 日墓道砌石全部露出。墓道砌石情况与《旧唐书·严善思传》的记载相同："乾陵玄阙，其门以石闭塞，其石缝隙，铸铁以固其中。"考古工作者在陵山周围没有找到盗洞和被扰乱的痕迹，从而证明乾陵是现如今未被盗掘的唐代帝王陵墓之一。

这无疑是一个喜讯，然而墓主二人的生平业绩与是非功过又如何呢？

乾陵的墓主人是唐高宗李治和中国历史上唯一的女皇帝武则天。

武则天在我国可谓妇孺皆知，与之相比，李治就没有那么大的名气了。

公元 628 年 7 月 21 日，李治出生在东宫丽正殿，是唐太宗李世民第九子，其母为文德顺圣皇后长孙氏。

公元 649 年，唐太宗去世，太子李治即位于长安太极殿，成为唐朝第三位皇帝。高宗登基之初，就把唐太宗时的三日一朝改为一日一朝，勤勉执政，并重用太宗旧臣李勣、长孙无忌、褚遂良，照太宗时法令执行，颇有贞观之治遗风。公元 651 年，高宗下令凡是所占百姓田宅一律还给百姓。高宗在位期间，社会经济持续发展，全国人口从公元 648 年的 360 万户，增加到公元 652 年的 380 万户。

公元 652 年，李治编成《唐律疏议》，这是中国现存最完整、最古老的一部典型的封建法典。它全面体现了中国古代法律制度的水平、风格和基本特征，成为中华法系的代表性法典，对后世及当时周边国家产生了极为深远的影响。

公元 655 年，高宗李治下诏废王皇后，十一月立武则天为后。

5 年后，李治患病，"风眩头重，目不能视"，难以及时处理国家大事，武则天代其处理朝中事务，顺理成章地参与朝政，辅佐唐高宗。李治在武后的建议下使用"天皇"称号，与"天后"武氏并称"二圣"。

公元 674 年，武则天向李治提出建言十二事：劝农桑，薄赋徭；给复三辅地；息兵，以道德化天下；南北中尚禁浮巧；省功费力役；广言路；杜谗口；王公以降皆习《老子》；父在为母服齐衰三年；上元前勋官已给告身者无追核；京官八品以上益禀入；百官任事久，材高位下者得进阶申滞。

这 12 条建议，涉及范围很广，关系到政治、经济、军事、社会各方面，有利于发展经济，争取民心，巩固其统治地位。

公元 683 年，56 岁的高宗李治弥留之际发布诏书，公开赞扬武则天的政治才干：比来天后事条，深有益于政，言近而意远，事少而功多。务令崇用，式遵无怠！军国大事有不能决断者，请天后处理决断。

武则天懂得文史，才能出众，政权由高宗向她手中转移的趋势已经形成。高宗驾崩后，武则天力排众议，遵从高宗遗愿，一举打破帝陵之前不竖碑碣的传统，不但为高宗高竖丰碑，而且还挥洒 5000 字雄文，道尽高宗的光辉伟业。

公元 684 年高宗入葬乾陵的时候，高大的《述圣记碑》被竖立在朱雀门西门阙楼外。《述圣记碑》通高 7.5 米，方柱形状，宽 1.8 米，底座边长 2.89 米。顶部呈庑殿式，四角各有一根擎举的承檐椽。碑体由 5 块方石榫卯套接而成，连同碑顶碑座共 7 块，意取七曜光耀，俗称七节碑，重约 90 吨。

《述圣记碑》碑文 5100 余字，46 行，由中宗李显遵母命书写。武后执笔写下了泱泱五千言的骈体文《述圣记》。文章从缅怀先祖先皇的丰功伟绩开篇，简要追述了先帝高祖和太宗从晋阳首义到平定天下的史绩，着重记述了高宗李治的一生，特别是自太子监国到驾崩前的重大历史贡献。一桩桩往事涌上心头，悲悲戚戚，情不自禁。

历经 1300 余年的风雨洗礼之后，碑上的文字已经残缺，透过这些残留的文字，人们总是用复杂而又神秘的眼光去解读一个女皇。如果只是从"人本"角度去解读，字迹模糊的巨碑上，清晰地展现着一个女性的真挚情感和人文情怀。

但《述圣记碑》与臣民墓前的碑碣不同，除了歌功颂德以外，它是武则天发布的李唐朝政局势的晴雨表，也是对保守与顽固势力的挑战。

03

从公元 674 年武则天以"天后"之尊开始执政，至公元 690 年正式称帝的 16 年中，武氏为当皇帝做了大量的准备，采取了多种有力有效的措施。

首先，在王位的继承上，高宗想禅位于李弘，武后不念母子之情，将李弘毒死。后李贤被立为太子，并被高宗委以监国之任，处理政务颇为精干，而武后却废李贤为庶人。李显被立为太子后，高宗驾崩。中宗李显刚刚继位，武后便以皇太后名义临朝称制。一年后废掉中宗，改封庐陵王。后立四子李旦为帝，称睿宗。

公元 690 年，武则天称帝的条件已经成熟，僧人法明广造舆论："武后为弥勒佛转生，当代唐为天子。"以唐睿宗为首的数万臣民上表劝进，请改国号。9 月，武则天在"上尊天示""顺从众议"的"万岁"声中，举行隆重的登基大典，即皇帝位，改国号为"周"，建立武周王朝，定洛阳为都，改称神都。

这一年，武则天 66 岁。

如果说武则天在称帝前辅佐唐高宗 30 余年参政执

政的政治生涯中，已显示出惊人的政治谋略和手段，那么在称帝之后，她更加充分地展现了在治国方面的杰出政治才能和政治家的气魄。她昭告天下，继往开来的新时代已经到来。

武则天被立为皇后以后，把曾经反对她做皇后的长孙无忌、褚遂良等人一个一个地都赶出了朝廷，贬逐到边远地区。这对于武则天来说，是杀鸡儆猴的手段，但这些关陇贵族和他们的依附者，在当时代表着一种既得利益的保守力量。把他们赶出政治舞台，标志着关陇贵族从北周以来长达一个多世纪统治的终结，也为社会进步和经济发展创造了一个良好的条件。

武则天登基后提倡科举，破格用人，实施改革和创新，提高进士科的地位，举行殿试，开创武举、自举、试官等多种制度，让出身寒门的子弟有一展才华的机会，选拔了一批杰出的人才，这些人才成为武周政权的中流砥柱，如狄仁杰、姚崇、宋璟，姚宋二人后来成为开元时期的贤相。

武则天在洛城殿对贡士亲发策问，遣"存抚使"10人巡抚诸道，推举人才，一年内共举荐100余人，武则天不问出身，全部加以接见，量才任用。

武则天虽以官位收买人心，但对不称职的人也会加以罢黜。因她明察善断，所以当时的人才都乐于为武则天效力。

乾陵司马道的两侧排列有 124 件雕刻精美、神态生动的石雕。其中一种是文武侍臣，老百姓称为"翁仲"。在皇权高于一切的时代，这些翁仲恭顺谦卑，双手握剑，肩微微前倾，头微微低垂，低眉顺目。

据说翁仲本是秦朝的一位将军，后来演变为对守护陵墓石人的称呼。乾陵、定陵和桥陵各有 10 对石人，均双手拄剑，泰陵以下 13 座唐陵也各有 10 对石人。从这些翁仲身上，也可以看出唐代雕刻艺术的阳刚之美。

武则天称帝后，改变了整套官职称谓和行政组织。如同 700 年前的王莽一样，武则天也以《周礼》为依据，还创造性地发明了若干非用不可的新字，颁布于天下，推广使用，并称之为"则天新字"。所造新字中就包括"曌"字，该字是日月当空、普照天下的意思。武则天造字，不合文字发展规律，全是以繁代简，多带有封建迷信色彩，在其当权时，人们被迫遵从，一旦人死权消，就被世人遗忘了。

武则天掌权以后，大兴水利，重视农业，令人编撰了《兆人本业记》颁发到州县，作为州县官劝农的参考。她认为"建国之本，必在于农"，"家足人足，则

080

国自安"。

武则天继续推行均田制，在边远地区实行军事性屯田、营田，以境内农田经营好坏作为奖惩地方官吏的标准，成效显著。这些措施促进了农业生产的发展：其一，国家仓库里储满了粮食；其二，地方储粮亦很丰富；其三，户口显著增加。

04

武则天执政后，边疆并不太平。西方西突厥攻占了安西四镇；吐蕃也不断在青海一带对唐展开进攻；北边一度臣服的东突厥和东北的契丹一直打到河北中部。

公元 692 年，武则天批准西州都督唐休璟收复龟兹、于阗、疏勒、碎叶等安西四镇的请求，并慧眼识英雄，在众多的将领中擢拔王孝杰为全军主帅、武威军总管。王孝杰率军大破吐蕃，一举收复安西四镇。唐王朝置安西都护府于龟兹，派兵镇守，加强了对西域的统治。

公元 702 年，武则天又在庭州设置北庭都护府（故城在今新疆吉木萨尔县），与安西都护府分别管辖天山南北两路，维护了国家安全和版图完整，促进了中外经济、文化的交流，增进了与中亚人民的友谊。

唐代的版图以高宗时期为最大，东起朝鲜半岛，西临咸海，北包贝加尔湖，南至越南横山，这一疆域维持了 32 年。

乾陵最引人注目之处，就是朱雀门外神道东西两侧分布的两组石人群像，这些石人残像大小和真人差不多，专家们把这些石像称为"番像""宾王像"，也称"六十一番臣像"。

这些石人像整齐恭敬地排列于陵前，西侧 32 尊，东侧 29 尊，共 61 尊，是当时唐王朝属下的少数民族官员和邻国王子、使节。武则天为宣扬大唐威势，将他们的雕像立于陵前。他们穿着打扮各不相同，有袍服束腰，也有翻领紫袖。但他们都双双并立，两手前拱，姿态极为谦恭，仿佛在这里列队恭迎皇帝的到来。61 尊番臣像，让人回想起大唐"九天阊阖开宫殿，万国衣冠拜冕旒"的场景，回想起华夏协和万邦，迎接八方来客的盛世景象。

武则天是一位诗人，大唐盛世感动了她，她写下了这样的诗句：千官肃事，万国朝宗。载延百辟，爰集三宫。君臣德合，鱼水斯同。睿图方永，周历长隆。

石人像的背部刻有国别、官职和姓名，今字迹可辨认者有"木俱罕国王斯陀勒""于阗王尉迟璥""吐火罗王子持羯达犍""默啜使移力贪汗达干""播仙城主何伏帝延"等7尊。

但最为奇怪的是，这些石像都没有脑袋，这就让人产生了疑问，为什么乾陵会用这些没有头的石像守陵呢？

如果仔细观察它们，会发现这些石像的脖子上有头部被砸掉的痕迹。那么，这些石像的头部失踪是人为的呢，还是天灾？

关于这些石像无头的原因，现在还不明确。民间传说石人成妖，践踏庄稼，被当地百姓打掉了头。也有人说，番像头可能是在近代被外国文物贩子掠走。考古学者据有关资料分析认为，这些番臣像的破坏有自然的因素，也有人为的因素。

在明代以来关中地区所发生的大地震中，可能有一些番像仆倒，甚至摔坏。但大部分番像的头可能是被人故意打掉掠走的。由于这些石像的头部均失其所在，我们已无法弄清这些番臣的具体相貌。

乾陵番臣像星轨　摄影：射虎

05

　　科举出身做到高级官吏的文人越来越多，大大刺激了人们参加科举的积极性，更刺激了一般人读书学习的热情。这就是沈既济所说的"浸已成风"。开元、天宝年间"父教其子，兄教其弟"，"五尺童子耻不言文墨焉"的社会风气，就是从武则天时期开始的。

　　正是文化的普及，推动了文化的全面发展，崔融、李峤都是这个时期涌现出来的著名的诗人和文学家，雕塑、绘画也达到了前所未有的水平。

　　武则天本人尊儒、宠道、信佛，她派人把三教之精华汇为一本《三教诸英》，并大施恩典于佛教会，册封僧侣，建立寺院，兴建佛家圣地，铸造洪钟与佛像。

　　神龙元年（705）正月，武则天病重，卧床不起。宰相张柬之、崔玄暐与大臣敬晖、桓彦范、袁恕己等，联合右羽林大将军李多祚发动兵变，逼武则天退位，迎唐中宗李显复位。

　　武周王朝结束，唐朝恢复，百官、旗帜、服色、文字等皆复旧制，神都复为东都。

同年冬，武则天去世，享年 81 岁。

这一年，武则天的丈夫唐高宗李治已入葬乾陵 21 年，如果想把武则天的棺椁放进乾陵，就必须要重启地宫。根据封建帝王丧葬规制，不能"以卑动尊"，但身为皇帝的李显表现出超乎常规的孝心，他说：母亲的遗愿我怎么可以不遵守？于是第二年，李显把武则天的遗体安葬于乾陵，与父亲唐高宗李治合葬，完成了母亲最后的心愿。

武则天离世后，留下一块高大的无字碑，立于乾陵。无字碑北靠东阙，南依翁仲，西与《述圣记碑》相对，巍峨壮观，雕刻精美，为历代群碑之冠。

无字碑通身取材于一块完整的巨石，高 7.53 米，宽 2.1 米，厚 1.49 米，总重量约 98.8 吨，给人以凝重厚实、浑然一体的美感。

碑额未题碑名，碑额阳面正中一条螭龙，左右侧各 4 条，共有 9 条螭龙，故亦称"九龙碑"。碑的两侧有升龙图，各有一条线刻而成、腾空飞舞的巨龙，栩栩如生。碑座阳面还有线刻的狮马图，长 2.14 米，宽 0.66 米，其马屈蹄俯首，雄狮则昂首怒目。碑上还有许多花草纹饰，线条精细流畅。

后来有人无意间发现在无字碑的阳面，从上到下刻满了方格，每个长4厘米，宽5厘米，排列整齐。经考证，这些方格并不是后人刻上去的，只有一种可能，它们是当初为在石碑上刻字而准备的，由此可以推测，当时已经准备好了碑文。

根据留在碑面上的格子计算，碑文大约有3300字。那么，为什么已经准备好的碑文没有刻在石碑上呢？

历史学家做出了这样的推测：武则天生前已经撰写好了碑文，并交给了李显。李显虽是武则天的亲生儿子，却长期在惶恐中度日，重登皇位后虽然不能发泄憎恨，但也讲不出对母亲歌功颂德的好话，只好不说也不刻，为武则天留下一块无字碑。

从现存城垣遗迹来看，乾陵墙垣的建筑主要有两种方式：一是用石条砌筑墙基，二是下挖土壕。乾陵城垣四面中部各开一门，四门外各有土阙一对，土阙上建有土木结构的楼阁。唐初献、昭二陵门址详情已不易弄清，乾陵内城四门则清晰可辨。乾陵门楼均为三出阙，一个母阙，两个子阙。

06

在乾陵，对人们吸引力最大的，莫过于掩藏于青草和灌木林之下的地下宫殿了。无穷的悬念，就藏在它隐秘地宫的深处。高宗和武则天安息的地下世界是什么样呢？至今还是一个令人神往的谜。

根据西安文保中心有关专家对乾陵地宫的探测，结合已发掘的乾陵陪葬墓和有关文献，我们可以对乾陵地宫进行探索性描绘：

穿过近百米长，约 4 米宽，数十米深，呈斜坡形的墓道后，便是地宫的第一道汉白玉石门。这道石门比唐宫大门略小，高 5 米、宽 4 米左右。门上各处精雕细刻着象征吉祥和权力的花草人物图案，门虽重达百吨，仍可开闭。门道布有陷阱，门后两旁装有暗器，用以防备盗陵者。整个墓道里洒满了货币，表示富有和吉祥。墓道两旁绘制有色彩绚丽的大幅壁画，象征着陪宫的石窟对称地排列在甬道两侧，里面置有大量的陪葬品。

墓室由前、中、后三个墓室组成，或有耳室。前室设有"宝帐"，帐内设神座，周围放置玉质的"宝绶""谥册""哀册"。中室置棺床，以放置皇帝的"梓宫"，即棺椁。"梓宫"的底部有防潮、防腐材料，以珍宝覆盖，其上加"七星板"，板上置席、褥，旁置衣物及珪、璋、璧、琥、璜等"六玉"。地宫的后室设石床，其上放置衣冠、佩剑、千味食及死者生前的喜好之物。

武则天在这座神秘的地下宫殿静卧了1300多年，她的长相也是一个谜。大学者郭沫若先生生前曾对武则天的长相产生过浓厚兴趣，他认为张萱的《唐后行从图》中那个丰满雍容的"唐后"就是武则天。张萱是唐代画家，有《捣练图》《明皇纳凉图》《整妆图》《卫夫人像》《虢国夫人游春图》《唐后行从图》等传世。由于张萱多绘宫中仕女，推测他曾任过宫廷画师，见过武则天，所以将武则天的模样留在了《唐后行从图》中。

但是，现在民间出现频率最高的武则天画像，并不是《唐后行从图》中的"唐后"，而是头戴凤冠的一张画像，这大概也是大家心目中的武则天形象。此画像出自明弘治十一年（1498）刻本《历代古人像赞》。但这些形象也可能是想象出来的。

武则天还有不少石像，目前最古老的一尊在她的出生地——四川广元的皇泽寺，据说此像与真实的武则天比较接近。还有专家研究考证，最接近武则天相貌的石像，是洛阳龙门石窟中的卢舍那大佛。

公元650年，也就是唐高宗即位后的第一年，卢舍那大佛开凿，时为昭仪的武则天捐钱2万贯。佛像一凿就是25年，直到唐高宗上元二年，即公元675年才告完工。这座高高的卢舍那大佛，就是则天皇后的仪表与姿容，大佛的头部就是武则天25岁时容貌的再现，也有学者认为是武则天44岁时的写真。卢舍那大佛，也许是唐高宗送给武则天的礼物。她那沉着、安详的神态显示了母仪天下的威严与风度。

武则天死后葬入乾陵，在地宫陪伴着她的丈夫李治，但幽门重闭并没有给她和她的丈夫带来安宁。

07

千百年来，不同的人为着不同的目的，一再把目光停留在这块神秘的宝地，并且演绎出各种各样的故事。

公元 880 年，时为唐朝末年，中原大地发生黄巢之乱，黄巢动用 40 万大军打算盗掘乾陵，但挖出一条 40 余米深的大沟，也没找到墓道口，只好悻然作罢。至今在梁山主峰西侧仍有一条深沟，被称为"黄巢沟"。

为何如此？这是由于乾陵地宫入口处的地表，做了非常巧妙的伪装处理，把当年开凿地宫时产生的废石渣，搬运到 1 公里之外，给后世盗墓者以误导。

五代时耀州节度史温韬，是有官衔的大盗墓贼。他财大气粗，公然驱动数万人在光天化日之下发掘乾陵。不料人马才上梁山，霎时黑云密布，电闪雷鸣，人马被暴雨冲下了山，随之天气忽然又转晴。温韬惶恐中忧惧自己盗墓之举忤逆天意，从此断绝了发掘乾陵的念头。

民国初年，国民党将领孙连仲亲率一团人马，也想学孙殿英炸慈禧墓的样子，以军事演习为幌子，炸开墓道旁的三层岩石。据传说，爆炸声中，一团黑烟腾空而起，在空中扭结成一条黑龙，黑龙一声怒吼，最先发掘乾陵的7个山西籍士兵吓得喷血而死，其他人则落荒而逃。人们传说："武则天是山西文水县人，最恨她老家的人来掘她的墓！"

这些传闻，有的见诸史书，也有的在民间流传，是真是讹，言人人殊。

但有一点是可以肯定的：乾陵是唐十八陵中唯一未被盗掘的唐代帝陵。

乾陵未曾被盗掘，原因何在？

1960年4月3日，考古工作者在梁山主峰的南面中腰处，找到了通往乾陵地宫的隧道大门。这条隧道也叫"羡道"或"诞道"，在这条长约63米、宽近4米的隧道里，共选砌了39层、4000余块大小不同、重达1吨至2吨的石条。在每块石条上面还凿出燕尾凹槽，将铁质燕尾板镶嵌在其中。缝隙之间，再浇筑铁锡浆液，从而使石条上下浑然一体，说乾陵固若金汤，一点也不过分。

由此看来，乾陵未曾被盗掘的一个原因，是它的庞大和坚固。

陕西发现乾陵隧道，引起全国上下的关注。时任中国科学院院长的历史学家郭沫若提议发掘乾陵。然而，周恩来总理权衡利弊，思之再三，在《乾陵发掘计划》上提笔批示："我们不能把好事做完，此事可以留作后人来完成。"之后，国务院又再发通知要求"全国帝王陵墓先不要挖"。乾陵的发掘就此停止。

在长达半个多世纪的岁月里，武则天和她的丈夫统治着当时世界上人口最多、名望最为显赫的帝国。他们死后，中宗、睿宗又将2位太子、3位王子、4位公主、8位大臣等17座陪葬墓，按照墓主人生前的地位高低，由远及近地排列陪葬于乾陵。东方帝王谷中的乾陵更显宏伟、壮观。

六 明堂盟誓

01

公元 699 年，75 岁的武则天"虑身后太子与诸武不相容"，将李武两大家族和满朝文武召集到明堂，举行神圣而庄严的仪式，命皇太子、相王、太平公主与梁王武攸暨、定王武攸宁等人立誓文，向天地神灵保证李武之间和睦相处，永结为好，并告天地于明堂，铭之铁券，藏于史馆。

然而，仅仅过了两年，还是在这座明堂，19 岁的懿德太子李重润、17 岁的永泰公主李仙蕙和 21 岁的魏王武延基 3 位青年在大堂下等候处罚。

武则天怀着极其沉痛的心情下旨：杀！

在陕西乾县的乾陵东南隅，分布着 2 位太子、3 位王子、4 位公主、8 位大臣共 17 座陪葬墓，这些墓按照主人生前的地位高低，由远及近地排列开来。

其中就有生前深受武则天宠爱的皇太孙懿德太子李重润的墓。

1971 年 7 月至 1972 年 5 月，考古人员对这座墓进行了发掘。大墓地表有双层封土，呈覆斗形，南北长 56.7 米，东西宽 55 米，高 17.92 米。整个陵园南北长 256.6 米，东西宽 214.5 米，陵园四角有夯土堆各一。南面有土阙 1 对，阙南有石狮 1 对，石人 2 对，1 对只残留底座。石华表 1 对，已残，倒塌后埋入土中，周围设围墙。地下由斜坡墓道、6 个过洞、7 个天井、4 对小龛、前后甬道和方形前后砖室组成，全长 100.8 米。

葬具置于后室，为庑殿式石椁，外壁雕饰头戴凤冠的女官线刻图，墓壁满绘壁画，保留约 40 幅。墓道两壁以楼阙城墙为背景绘太子出行仪仗，过洞绘驯豹、架鹰、宫女、内侍等。第一、二天井绘列戟，为天子之制。甬道及墓室壁面绘持物宫女、伎乐等宫廷生活画面，墓顶绘天象。

虽然大墓已遭盗掘，但仍出土文物 1000 余件。有太子哀册、俑、三彩器和鎏金铜马饰等。1971年，考古工作者发掘懿德太子墓时，在墓室石椁内发现一男一女两副残缺不全的人骨架，其中有男左肱骨、左右股骨、骨盆和女左右肱骨、左右桡骨。经鉴定，在男骨盆上有一条明显的骨骺线，断定其年龄不超过20岁，与文献记载懿德太子卒年仅19岁，和以裴粹亡女配冥婚合葬均相符合。

懿德太子生前未曾婚配，死后实行阴间结婚，即冥婚。

冥婚早在西周时代就已产生，是我国古代一种颇为特殊的婚姻形式，又叫"鬼婚"或"嫁殇"，就是把已死的男女结成婚姻关系并合葬在一起，是一种原始的鬼魂崇拜，在周代被看作是"乱人伦"的行为而以礼禁之。实际上这种风俗后来并未得到禁止，反被历代统治者所利用，蒙上了浓厚的政治色彩。

懿德太子李重润是唐中宗李显与韦氏之长子，生于公元682年，取名李重照，出生后不久即被立为皇太孙。公元684年，两岁的皇太孙被废为庶人，随被废除太子身份的父亲中宗流离于均州、房州等地。因避武后"曌"讳，时年8岁的懿德太子李重照改名李重润。16岁时因其父中宗复为太子而被封为邵王。公元701年，

19 岁的李重润被祖母武则天下旨所杀。

站在懿德太子墓顶上，可以看到临近乾陵的另外一座陵墓——他的妹妹永泰公主、魏王武延基夫妇合葬墓。

她是中国历史上唯一一个坟墓被称为"陵"的公主，规格与帝王相等。

永泰公主李仙蕙，生于 684 年，唐中宗李显第七女，母为韦皇后，初封永泰郡主。15 岁以郡主身份下嫁武承嗣之子魏王武延基。公元 701 年，17 岁时，她与 21 岁的丈夫武延基，还有 19 岁的哥哥李重润，被祖母武则天下旨所杀。

千年之后，我们仍能够想象得到，作为祖母的武则天和作为父亲的李显，在失去亲生骨肉时那黯淡哀伤的心情。

3 位青年究竟做了什么？他们是怎样命丧黄泉的？

O2

公元 655 年，极受唐高宗宠幸的武则天，在内宫的斗争中稳操胜券，高宗正式册立武则天为皇后。自此，皇家内宫大权集于武氏之手，从那一年起，李武两大家族的权力之争从未停息过，李氏皇室后裔遭受了毁灭性的打击。

公元 660 年，高宗李治因患风眩，目不能视，遂下诏委托武后协理政事。自此，武则天从参政步入执政。武则天人虽在幕后，却掌控了朝廷实权。公元 674 年，武则天以"天后"之尊开始执政。当时，高宗想禅位于长子李弘。史料记载，李弘是得肺结核猝死的，但有不少人认为李弘是被武则天下药毒死的。

李弘死后，李贤继立。李贤，唐高宗第六子，武则天次子，高宗子女中比较有才华的一个，容止端庄，上元二年（675）立为皇太子。

李贤处理政务颇为精干，被高宗委以监国之任。李贤召集大儒张大安等注《后汉书》，书中追溯到汉高祖刘邦死后，其妻吕后大量起用吕氏族人，排挤朝廷大臣，篡夺汉室刘姓天下的史实。武则天认为这是在含沙射影地将她比作吕后，于是忌恨在心。为了保护自己，李贤不得已在他居住的东宫马坊里暗藏武器，以防不测。

武则天发现后便以私藏武器、图谋不轨为由，将李贤废为庶人，流放到巴州（今四川巴中）。武后废李贤为庶人后，立三子李显为太子。公元 684 年，李贤在巴州神秘地死去，年仅 31 岁。李贤之死，众说纷纭。有学者认为，是武则天怕李贤东山再起而派人害死的。

公元 683 年，高宗驾崩，中宗李显继位，武后以皇太后名义临朝称制。

1 年后，武则天便废掉中宗，将其改封庐陵王，立四子李旦为帝，即睿宗。李显、李旦都是平庸无能之辈，在皇帝位上也是傀儡，处处受制于武则天。

公元 690 年，武则天建立武周后，武氏子侄封王，10 余年间，武氏势力一路飙升，一度凌驾于李唐皇室之上，荣贵之极。李显、李旦等李唐旧皇室权势衰退，而以武则天侄子武承嗣、武三思为代表的武周新皇室势力崛起，对武周初期政权的稳定与巩固，确实起到了一定的积极作用。

但随着武则天年事渐高，两大势力的争斗也影响着武周政权的走向，特别是立嗣问题，武则天一度犹豫不决。传位不仅仅是权力归属，还关系到武则天身后的归宿。这让她一时拿不定主意。

据《资治通鉴》二〇四卷记载，宰相李昭德向武则天进言说：唐高宗李治，是陛下的丈夫；皇嗣，即李旦，是陛下的儿子。陛下自己拥有天下，应当传给子孙作为万代家业，怎么能用侄子为继承人呢？自古以来，没有听说侄子坐天子而为姑母立庙的！况且陛下受天皇临终托付，如果将天下交给武承嗣，则天皇就无人祭祀了。

武则天犹疑之下，同意了这种判断。

公元698年，武则天卧病不起，李旦请求母亲让位于哥哥中宗。随后，李显从房陵被召还，九月，立为皇太子。立嗣之争以李显复太子位、武承嗣郁郁而终暂告一段落。

处心积虑地修好李武关系，反映了武则天在政权交接问题上的忧虑和担心。这一系列的举措能否奏效，能否达到预想的目的，其实她自己也心中无底。李武关系是武则天的心病。

洛阳紫微宫的明堂，于公元688年建成，号称"万象神宫"。万象神宫高90余米，富丽堂皇，成为武周王朝的政治中心，每年举行祭天地的仪式，同时迎接各地使节。明堂是帝国国运的象征，见证了大唐帝国的盛衰沉浮、荣辱变迁，同时也见证了李武两大贵族集团的斗争。

"明堂盟誓"不久，武则天又亲自撰写了《升仙太子庙碑》等，襃颂先贤不贪权位的高德，暗示李氏与武氏要学先贤的高德，不因贪权势而互相争斗不息。

这次明堂盟誓的内容虽无文献记载，却有对违约的诅咒和惩罚条例："有贰其德，兴兵动众，明神鉴之，百殃是降，子孙不育，社稷无守，世世勿敢犯。"对违约的处罚和诅咒十分严厉。

武则天将新都郡主嫁与嗣陈王武延晖，永泰郡主嫁与武承嗣之子武延基。之后，安乐公主也嫁与武三思之子武崇训。武则天希望通过进一步加强李武两族的联姻，实现政权的平稳交接。

明堂盟誓后，武则天觉得解决了李武相争的问题，没有什么棘手的问题了，她志得意满，写下了这样的诗作：仰膺历数，俯顺讴歌。远安迩肃，俗阜时和。化光玉镜，讼息金科。方兴典礼，永戢干戈。

03

当时，76 岁的武则天已经进入真正意义上的暮年，老病缠身的她居住在长生院，长时间不能上朝，宰相们都不能进去拜见，她对朝政的控制力自然也逐渐下降。

然而，武则天并没有真正放弃权力，在她居住的深宫里，有一对年轻兄弟不离左右，日夜侍候。这对兄弟一个叫张昌宗，一个叫张易之。她将一些政事委托给二张兄弟，逐渐地，二张插手朝政，陷害宰相，跟大臣结怨，引起了政局的复杂化，武则天母子、君臣关系也因此空前紧张起来。

时为邵王的李重润和妹妹李仙蕙，以及妹夫武延基一起议论张易之、张昌宗兄弟入宫受宠。张氏兄弟得知后，将此事告知武则天。武则天听后大怒，认为他们违背了明堂誓约，又伤李武和气，简直不成体统，令皇太子李显予以重罚。满朝文武都无法为其开脱或求情。

李显怕动摇自己的地位，遂大义灭亲，下令将儿子、女儿和女婿处死。

武则天为弥合李武间怨隙，采取了联姻、盟誓等一系列措施，可谓处心积虑。作为李武两家新生代的代表人物，他们之间的纷争直接触犯了盟誓约定，这是武则天最不愿看到和不能容忍的，必须毫不留情地予以惩罚，以儆效尤。

虽说这一事件是3位天皇贵胄因冒犯了李武之争这个大忌而命丧黄泉，但其直接起因却是张氏兄弟。那么，张氏兄弟究竟是什么样的人？又是如何来到武则天身边的呢？

公元697年，73岁的武则天年事已高，体弱多病，长时间不能上朝。太平公主推荐了一个叫张昌宗的男子入宫，侍奉母亲武则天。

张昌宗，今河北安国人，行六，人称六郎，白皙貌美，兼善音律歌词，武则天见后大喜。从此，张昌宗衣着华丽，修饰打扮，出入宫廷，极力讨武则天怜爱。入宫不久，张昌宗又向武则天推荐自己的哥哥张易之，称其才干超过自己，善于炼制药物。武则天听后立即召见，兄弟二人双双得宠。

武则天很羡慕传说中的周灵王太子姬晋，即王子乔。传说他擅吹笙作凤鸣，后随浮丘公登仙而去，成仙后还乘白鹤现于缑山。

武则天侄儿武三思想讨其欢心，就对她说："我以为六郎之美，已非凡世所能有，他一定是王子乔转世。"武则天很喜欢这个说法，就下令建造鹤麾并制木鹤，将张昌宗打扮成她心目中的王子乔模样，果然仿若神仙中人，武则天欣喜若狂。

公元699年，武则天有意使自己的特权制度化，她设置了一个颇似女皇"后宫"的名叫"控鹤府"的机构，由张易之做府监。武则天对外宣称设置控鹤府是为了储备诏令撰写者和文学作品创作人才。

为了推行三教并举政策，武则天令张昌宗、李峤、徐彦伯、张说等人修撰《三教珠英》，全书1300卷，目录13卷，是在《御览》及《文思博要》诸书基础上，加佛、道二教以及亲属姓名、方城等部构成的。

据史料记载，武则天还任命张昌宗为云麾将军，行使左千牛中郎将职务，任命张易之为司卫少卿，并赐给二张住宅、绢帛以及大量的男仆女婢、骆驼、牛马供他们使用。后来又提升张昌宗为银青光禄大夫，赐给防阁官员担任警卫，和朝臣们一样每月初一、十五朝见武则天。甚至追认二张的父亲张希藏为襄州刺史，将其母亲韦氏、臧氏一起封为太夫人。公元700年，武则天又将控鹤府改为奉宸府，由张易之任奉宸令。

有学者研究，不管是控鹤府还是奉宸府，其设置都前代绝无，纯系武则天集聚男宠，以娱晚年的宫制之一。府内的官员，除了向女皇提供"男性温存"之外，另一重要职能是曲宴供奉，"每因宴集，则令嘲戏公卿以为笑乐"。内殿设宴，由张氏兄弟和诸武侍坐，陪女皇玩乐。

很快，它就成为一个制造闹宴、赌博、酗酒、反常勾当和荒诞行径的丑闻之地，也成为以后几个世纪富有想象力的小说家取得素材的"富矿"。

皇太子李显、相王李旦请求封张昌宗为王，武则天不同意，改任他为春官侍郎，封张昌宗为邺国公，张易之为恒国公，各获收纳300户租税的实封。

得到武则天宠爱的张氏兄弟，使李武两家的皇族们都抢着上门讨好巴结，亲自替张氏兄弟牵马递鞭，称张易之为"五郎"，张昌宗为"六郎"。张昌宗、张易之一时权势熏天。

作为李武两家新生代的代表人物，李重润、李仙蕙以及武延基，看到张昌宗、张易之如此受宠和嚣张，私下议论也是人之常情。但是年少未经世事的他们万万没有想到，这会给他们带来杀身之祸。

《廿二史札记》卷十八《新书改旧书文义处》记载：中宗子重润与女弟永泰郡主及主婿武延基，窃议张易之兄弟出入宫禁，后怒，杖杀之。

《旧唐书·武延基传》云：与重润等窃议，皆得罪，缢死。《新唐书》《旧唐书》两传分别记载为"杖"与"缢"，稍有出入。《旧唐书·张易之传》则云：重润等窃议二张，后付太子自鞫问，太子并缢杀之。《旧唐书·武延基传》又云：武后咸令自杀。是二传一以为中宗所缢死，一以为后令自杀，又不符合。盖中宗之杀之，或令自杀，皆迫于武后之威也。新书竟书武后杀之，较为直截。

这些记载，均将懿德太子等三人被杀的直接原因，归结为私议二张与武后隐私，触怒武则天。

04

1960 年至 1962 年，考古专家在发掘永泰公主墓时，发现了永泰公主墓志铭，以及一些盆骨碎片。

永泰公主墓志铭写道："自蛟丧雄锷，鸾愁孤影，槐火未移，柏舟空泛，珠胎毁月，怨十里之无香；琼萼凋春，怨双童之秘药。女娥簟曲，乘碧烟而忽去；弄玉箫声，入彩云而不返。呜呼哀哉！以大足元年九月四日薨，春秋十有七。"于是有学者根据这一段墓志铭推测，永泰公主是因丈夫死后，忧郁成疾，医治无效而死。

因史料记载与墓志铭不一致，永泰公主死因至今依然是一个谜。

3位青年冤死后，张氏兄弟更加嚣张，朝廷重臣魏元忠看透二张，公开说："小人得在君侧。"

二张闻之怀恨在心，诬告魏元忠谋反，武则天判处魏元忠贬职出京。

公元704年，二张因贪污、巫蛊之罪被弹劾，4次入狱，4次均被武则天特赦。二张在武则天庇护下，气焰嚣张，这是朝臣们不能容忍的，他们担心二张重蹈酷吏滥刑冤狱覆辙。

公元705年，以宰相张柬之为首的大臣，趁武则天病重发动"神龙革命"，逼武则天退位，扶持中宗李显复位。第二天，武则天被从迎仙宫请出，住到洛阳城西上阳宫。

《太平广记》记载，在这次政变中，张氏兄弟在迎仙院被杀后，其尸体又于天津桥南被公开枭首。另外两个身居高官的兄弟张昌期、张同休也同时被处死。关于二张，有学者解读其为政治爪牙，也有其他说法。但可以断定的是，武则天贪欲过盛，亲手击碎了自己"明堂盟誓"的梦想。

"明堂盟誓"以懿德太子、永泰公主和魏王被杀而告终结，对中宗李显来说不仅是铭心的戒示，也是深重的痛苦。而他继位后，对母亲武氏的势力不但不予以清除，反而重用武三思等，与诸武过从甚密，或许明堂誓文言犹在耳吧。

公元 705 年冬，武则天病逝，唐中宗李显为这一对儿女平反。追封儿子李重润为懿德太子，将其灵柩由洛阳迁到乾陵陪葬，特恩"号墓为陵"。追封女儿永泰郡主李仙蕙为永泰公主，将永泰公主与其丈夫武延基合葬于乾陵东南。永泰公主和她的丈夫，在这里长眠了 1300 多年。

3 位青年因"明堂盟誓"而死，李显内心的痛苦难以想象。在安葬他们时，极尽隆重奢华，李显以此方式来发泄深藏内心的愤懑，慰藉死去儿女的冤魂。

永泰公主墓是 1949 年以来所发掘的唐墓中最大的一座。

墓的四周有围墙，围墙南北长 275 米，东西长 220 米。墓区总面积为 6050 平方米。墓冢为覆斗形，高 14

米，每边长56米。墓道全长87.5米，宽3.9米，墓室深16.7米，墓为斜坡土洞砖室墓，全墓由墓道、5个过洞、6个天井、甬道、8个便房、前后墓室组成，象征着永泰公主生前居住的多宅院落。

墓道两侧有巨大的青龙、白虎和身穿战袍、腰佩贴金宝剑的武士组成的仪仗队。他们排列在阙楼和六载兵器架前，组成威严的仪仗队。中间为男女各半的侍从。

考古人员发掘时，在第六天井附近发现了一个盗洞。盗洞口有一副骨架，骨架旁边有一把铁斧，四周还散落有金、玉饰品。经推测，应是一伙盗贼为了能分得更多赃物，毫不留情地把仍在洞内的最后一个同伙砍死。据推测，永泰公主墓被盗的时间，大概在五代或宋初。

永泰公主墓虽然被盗，但仍出土了壁画、陶俑、木俑、三彩俑、金器、玉器、铜器等珍贵文物1000余件。特别是三彩俑，造型精致，色彩鲜艳，纹饰奇特，反映了唐代高度发达的陶瓷工艺水平。墓内壁画丰富多彩，墓道、过洞、甬道和墓室顶部都有壁画。

前墓室象征客厅，壁画以华服侍女为主。这些手中拿着各种生活用品的侍女体态丰盈，神态各异，有的似乎在悄声细语，有的似乎在点头赞许，有的则在环顾四周，仿佛正行进在路上，准备去侍奉主人。由于千余年来雨水带着泥沙顺盗洞而下，许多精美的壁画都遭到了破坏。然而，幸存的壁画却依然是唐代绘画的精品。

后墓室停放着永泰公主与其丈夫合葬的庑殿式石椁，中间有门，两边各一名守门侍女。石椁内外均刻有线刻画，姿态生动，线条流畅，刻工熟练，十分精美。石椁内的木棺因长期浸泡在淤泥中，早已腐烂。

后墓室墓顶画有天象图：东边是象征太阳的三足金乌；西边是象征月亮的玉兔；中间是银河，满天星斗，颗颗都有固定的位置。这充分反映了当时天文学的高度发达。

05

唐中宗复位后，他还有一位冤死在远方的亲人遗骨未归，那就是中宗的亲哥哥李贤。

公元 706 年，即武则天死后的第二年，李贤的遗骨被从巴州迁到乾陵陪葬。公元 711 年，唐睿宗追封李贤为章怀太子，重开墓室与妃房氏合葬。

章怀太子墓位于乾陵东南约3千米处。其墓的结构与永泰公主墓基本相似，只是小些。墓封土呈覆斗形，底部长、宽各43米，顶部长、宽各11米，高约18米。封土堆南约50米尚有残存的一对土阙，高4.5米，底部长、宽各5米，土阙南面有并列的一对石羊。四周原有围墙，南北长180米，东西宽143米，西、东、东北3面的墙角仍残留于地面，整个墓区占地约26000平方米。

　　该墓已遭盗劫，出土文物600余件，其中大型文吏、武士俑及驼、马、镇墓兽等制作精美、造型生动，均为唐三彩精品。

　　墓中壁画50多幅，保存基本完好。墓道壁画绘狩猎出行、打马球、客使、仪仗、青龙、白虎等内容，第二过洞绘列戟，甬道及墓室壁面绘男女侍从，墓顶绘天象。其中以墓道中的《马球图》和前室东壁的《观鸟捕蝉图》最有名。

　　在墓道西壁白虎之后，是长约9米的《马球图》，因画面巨大，揭取时将其分割成了5块。图中20多名骑马者，有手持鞠杖激烈击球者，有驭马快骑奔向赛场者，亦有数十名骑手尾随其后，等候上场，最后绘有5棵古树点缀旷野。画面有起有伏、疏密相间、错落有致，呈现出一种和谐的韵律之美。无论是人、马的细部描绘，还是山石古树的粗犷勾勒，都给人一种古朴、典雅的美感。因场面宏伟，构图绝妙，它被定为国宝级壁画。

打马球，兴起于唐代初期，称作击球。一般认为马球源自波斯，后经西域传入中国。当时在皇帝的倡导下，马球运动很快盛行，历经宋、金、元、明，在明末清初才逐渐退出中国的竞技舞台。据《国史补》《资治通鉴》记载，在唐代后期甚至还出现了别具一格的"灯光球场"和"草地球场"。

《观鸟捕蝉图》高 2 米，宽 1.5 米，描绘的是 3 位宫女散步与伫立的情景。画面中的 3 位宫女，右边一位头梳小圆髻，身穿唐朝流行的半臂衫和曳地长裙，右手轻执金钗，左手托起披帛，正在仰头望着前方盘旋的一只戴胜鸟。她的动作优雅而轻柔，高贵而不失身份，但她的眼神、她的表情、她的体态清楚地表达出此时的心情：羡慕、无奈与期盼。比起戴胜鸟，自己的美要远远胜过它，但戴胜鸟可以翱翔云天，甚至飞出宫禁森严的后宫宅院，自己却无法越出宫墙半步。美丽是可贵的，而自由价更高，空有美丽而无自由，生命的价值在哪里？如何能像小鸟一样飞出宫墙？她望着就要飞去的戴

《观鸟捕蝉图》

胜鸟，内心深处在羡慕，在无奈，在企盼。

从开国皇帝李渊的献陵开始，唐代援引汉代的制度，臣子死后在帝王陵园陪葬。唐太宗时，为了笼络人心、巩固政权，表示君臣"义同舟楫"，使这一陪葬制度达到登峰造极的程度。

在乾陵，有 17 座陪葬墓，目前发掘了章怀太子墓、懿德太子墓、永泰公主墓等 5 座。数量众多的陪葬墓，体现了帝王对皇室人员和文武大臣的一种特殊待遇和恩宠。

为了江山社稷，身为君主的武则天，抛弃个人的儿女情长，亲手结束了两个儿子、一个孙子、一个孙女的和一个侄孙的生命。她承受着一个正常女人不能承受的痛苦，也承受着整个大唐无法承载的悲哀。所谓明堂盟誓，不过是演绎了一出啼笑皆非的游戏罢了。

而武则天付出的伤痛，换来的是大唐的盛世。

七

泰陵悲歌

01

公元 761 年的一个春日，春风轻拂着湖边柳枝，高墙深院的太极宫异常安静。苍凉的箫声越墙而出，吹奏者是位垂暮老者，身旁侍者寥寥。

他 27 岁称帝，是我国古代最有艺术才华的皇帝之一，却在度过 43 年太平盛世后遭逢安史之乱，他以古稀之躯远避巴蜀，一路劳顿终回长安，兵燹没有结束，偌大帝国在没有散尽的硝烟中修复着伤口。

他是李隆基，大唐帝国第七位皇帝。他一手缔造了开元盛世，也亲手打翻了天宝繁华，将唐朝带向衰落。是怎样的性情和经历，让一个人的一生如此沧桑传奇？

唐玄宗的泰陵，位于陕西省渭南市蒲城县东北方的金粟山，是关中平原唐十八陵中最东边的一座。金粟山脚下四野平阔，山势拔地而起，山姿雄伟，在初夏的关中平原上，整座大山显出一种豪迈和雄浑的气魄。

公元 729 年，金粟山的不凡气势吸引了一个人的注意，那就是时年 44 岁的李隆基。据传说，当时他正行于拜谒父亲陵墓的途中，突然，东北天空中白雾冲天，似有一条巨龙在盘桓飞舞。李隆基一行紧紧追随巨龙一路前往，发现了云雾缭绕的金粟山，那龙盘凤翔的山峦刹那间俘获了唐玄宗的心，他马上决定将金粟山作为自己千秋之后的陵寝所在地。

令人唏嘘的是，唐玄宗虽看中了金粟山的雄伟，却没有料到自己死后的哀戚。他的陵园不但无法与曾祖父的昭陵、祖父和祖母的乾陵相比，甚至无法媲美父亲的桥陵。

桥陵在泰陵以西的丰山之上。桥陵的建造年代正是唐玄宗的开元盛世时期，玄宗以空前的规格为自己的父亲营建了皇陵，整个陵园占地竟达 800 多万平方米。

据史书记载，桥陵以山为陵，在山中腹地开凿地宫，并在四周建造陵墙，陵墙四面各开一门，北门之外便是庄严整肃的神道，神道长 625 米，宽 110 米，其宽度竟是乾陵神道宽度的 2 倍。神道两侧，对称排列着几十尊高大精美的石像生。

桥陵建成之际，地面建筑宏伟壮阔，共建有阙楼、下宫、陵署十几座，除此之外，还有一座九开间的雄伟献殿。

在桥陵的东南方向，分布着大量陪葬墓，迄今为止已知的就有 14 座。有趣的是，这些陪葬墓已不同于初唐时期的功臣密戚陪葬，他们都是清一色的皇室成员，其中有"岐王宅里寻常见，崔九堂前几度闻"的岐王李范，有让出太子之位给三弟李隆基的大哥李宪，还有被称为"国朝山水第一人"的唐皇室画家李思训。其雄伟的盛唐气势可见一斑。

可是，开创了开元盛世的唐玄宗，其泰陵的陪葬墓却只有寥寥两座：一座是高力士墓，一座是杨皇后墓。这位杨皇后是唐肃宗李亨的生母，不是玄宗那位集三千宠爱于一身的杨贵妃。

莽莽金粟山，荒烟蔓草，残石断瓦。

谁能想象出，这座陵园的主人，竟是中国中古世纪开元盛世的缔造者——唐玄宗李隆基！

泰陵翼马星轨　摄影：射虎

02

　　盛世的标准是什么？应该是政治清明，制度先进，依法治国，民生富强，军事强大，文化大繁荣。

　　公元713年的深秋，李隆基真正掌权后准备做的第一件事，就是检阅他的军队。

　　这一年夏天，27岁的李隆基发动先天政变，逼迫太上皇李旦退位，赐死了对皇位虎视眈眈的太平公主，开始正式独掌朝纲。

　　为了在世人面前树立自己的君威，初为皇帝的李隆基选择了一身戎装，东出长安到新丰阅兵。10月13日，20万士兵齐集骊山脚下，旌旗猎猎，盔甲鲜明，队伍绵延50多里。唐玄宗立于阵前，亲自击鼓，号令士兵。．

　　让这位英姿勃发的年轻皇帝想不到的是，20万大军动作参差不齐，军容散漫。李隆基大怒，他果断将负责阅兵礼仪的军官斩首示众，并将兵部尚书流放岭南。

　　这一举动震慑了所有参加阅兵的大臣和士兵。兵部尚书在先天政变中军功显著，只因为没有管束好手下就立时被判流放，负责阅兵礼仪的军官人头落地，20万大军瞬间鸦雀无声。李隆基用雷厉风行的手段，获取了对大唐军队的绝对权威。

在万山红遍的骊山脚下，面对猎猎旌旗下整肃的队伍，年轻的李隆基在心里默默谋划着一个更重要的举措。

第二天，一个须发斑白的老人奉密旨来到骊山脚下。他叫姚崇，时任同州刺史，一天前，他接到密旨，诏令他陪同皇帝一起打猎。时年 62 岁的姚崇曾历仕武则天、唐中宗和唐睿宗三朝，文武双全，所治清明，备受朝野称颂。年轻的皇帝醉翁之意不在酒，他借打猎之名看到老姚崇不减当年之勇，心中大喜，当即决定任用姚崇为宰相。

姚崇趁机提出 10 项政治主张。这 10 项主张分别是：为政先仁义；不急于开疆拓土；宦官不能干预公事；皇亲国戚不能出任重要官职；行法治；除例行的租庸赋税外不再增加其他供奉；杜绝建造寺庙宫殿；以礼对待大臣；允许大臣批评时政；不许外戚干政。

这就是历史上著名的"十事要说"。

一个雄心勃勃、充满激情与理想的年轻皇帝，一个成熟稳重的政治家，从他们建立互信同盟的那一刻起，开元时代已准备好登上历史舞台，一个锦天绣地、富庶繁华的新纪元拉开了它的大幕。

《唐六典》是一部由唐玄宗亲自制定纲目的法典，也是我国历史上最早的一部行政法典。它先后会聚了9位当朝首辅宰相，历时16年才得以成书。它展现了唐朝的政权组织形式，记述了唐朝中央及地方各级官府的组织规模、人员编制及其职权范围，对唐及后世的行政法规的制定与执行产生了深远影响，被清代《四库全书》称赞为"一代典章，厘然具备"。

《唐六典》的价值，最重要的一点是选用人才，管理国家。选用栋梁之材，这是古今中外、历朝历代政府的重中之重。开元伊始，大唐的政治开始走出各种政变的阴影，唐玄宗"欲复贞观之政"，"求治甚切"。《唐六典》也成了唐玄宗早期治国理念的宣言：拨乱反正，恢复贞观时期的用人制度，严格依靠制度选拔任用官员，并对其实施监管，让权力得到有效的控制和利用。御史大夫就是行使这种监管权的官员。

一天，玄宗正在朝堂上与文武百官例行早朝。朝堂外突然出现一阵很大的响动，紧接着，一个衣衫褴褛的官员拖着一条腿慢吞吞地挪进了朝堂。这个叫李杰的御史大夫的举动让唐玄宗有些奇怪。再看他的脸上，青一块紫一块，似被打伤，唐玄宗赶紧问这是怎么回事。

唐朝的御史大夫级别不高，地位却很尊崇，他们的主要工作就是对各级官员的言行进行司法监察。但任凭他地位再尊崇，衣衫不整地朝见皇帝也是不合礼法的。

原来，关中平原主要靠渭水灌溉，武则天时期，皇族权贵将渭水截流，设置用水驱动的碾硙来牟取暴利。李杰曾上书弹劾此事，得罪了相关权贵，其中一人是玄宗王皇后的妹夫孙昕，就是他和另一位权贵怀恨在心，打了上朝路上的御史大夫李杰。李杰对玄宗说，打我，只是侮辱我和我的父母，我吃点儿皮肉之苦没啥，可是他们竟然把我的朝服也扯烂了，这不是侮辱朝廷、侮辱国家吗？您看着办吧。玄宗即刻命人把这两个亲戚从家中搜捕出来，抓到朝堂上，当廷杖杀。

鲜红的血迹，让玄宗朝的皇亲国戚再也不敢造次，御史们更是兢兢业业地监察中央和地方的各级官员，不敢怠慢。

"王者以制度为节，使用之有道，役之有时，则不伤财，不害民也。""天地节，而四时成。节以制度，不伤财，不害民。"制度就是要求大家共同遵守的行动准则、办事规程，治理国家要依靠制度。这一点，中国古人早有教义。

唐玄宗对此也有着非常清醒的认识，在他的努力下，开元时代，"多士盈庭"，"贤臣当国，四门俱穆，百度唯贞"。

03

唐玄宗不仅注重宰相的任用，也特别重视对地方官员的选用，认为"诸刺史县令，与朕共治，情寄尤切"。

有一个典故与此相关，叫"侧门论事"。

重视地方吏治是贞观之治的内容之一，唐玄宗要恢复贞观制度，也非常重视与地方官在地方政治策略方面的研讨。开元元年（713）他就规定，都督、刺史、都护在赴任之前，都要与他面辞，他会当面咨询探讨，以了解此人的政治方略。后来又规定，朝见结束后，若有六品以上官员面奏，就由殿堂所在的左右侧门进出，以此方式与地方官员面对面地交流，史称"侧门论事"。

史载唐玄宗"性英断多艺，尤知音律"，是中国历史上最著名的音乐家皇帝。其实唐朝的皇帝几乎个个多才多艺，玄宗的音乐才能，得益于他的家学渊源。他的父亲唐睿宗和弟弟岐王李范，都精通于琵琶弹奏，而他和大哥李宪则更善于吹笛和打羯鼓。大哥李宪曾经三让太子位于李隆基，因此被后人称为"让皇帝"。

桥陵的陪葬墓李宪墓曾出土过一个陶制的羯鼓。羯鼓是用山桑木围成漆桶形状，下面用床架支撑，用两只鼓槌敲击。羯鼓的声音急促、激烈、响亮，尤其适用于演奏极快节奏的曲目，可以在战场上作为战鼓为战士助威。史载，羯鼓声声焦杀，高亢而雄壮，是唐玄宗最喜爱的乐器，他将羯鼓视为八音之首。他的演奏技艺更是高超，传说玄宗击鼓是"头如青山峰，手如白雨点"，意思是说击鼓时头稳定不动，而下手急促，就像急雨一样。

一次，唐玄宗听说李龟年打断了50只鼓槌，说：我已经打折了3立柜了。

每逢宴乐，唐玄宗难免会有一展身手的冲动。这时，历史典故"韩休拜相"的主人公恰逢其时来到皇帝身边。韩休的出现，让玄宗及时抑制住了纵乐好音的意马心猿。

2014年，在陕西省考古研究院刘呆运主持下，韩休与夫人柳氏合葬墓时隔千年重现人间。

其中壁画完好的保存状况及精美的程度令人惊叹。

这不由得让人联想到韩休的另一个身份——唐代大画家、中国现存最早的纸本画《五牛图》的作者韩滉之父。目前还没有任何证据显示这些壁画与韩滉有关，但它生动洗练的笔触让观者过目难忘。

特别是一幅罕见的《双乐队双舞图》，画中场景还是第一次出现在人们的视野中。画面的正中是一男一女两名舞者，他们各据一毯，随着音乐挥袖旋转。在他们左右，各有一男一女两组乐队，似乎在为两名舞者伴奏喝彩。有趣的是两名舞者身后有一棵树，上面挂满了类似香蕉的果子。而画面中这三组人物似乎都是透明人，很显然这是作者临时增加的人物，他们身后的毯子清晰可见。画面上每一个人都是那么专注，神情从容而洒脱，我们仿佛可以听到丝竹鼓乐从历史深处穿透墙壁铿锵而来。这是男女两队在斗舞吗？

用如此活色生香的乐舞陪葬的墓主人，是否也是个喜爱歌舞之人呢？从出土文物中我们难以获知更多的信息，但是历史典籍却有相关的记载。

韩休还没有位列宰相时，行事作风多是冲和淡泊，而主政以后却不再沉默少语，他总是劝谏皇上：身为皇上，您得以国事为重，少想歌舞升平之事。

唐玄宗每去宴乐之时，总要偷偷摸摸地对身边人说，可别让韩休知道了。然而，通常他话音刚落，韩休的进谏书就到了，唐玄宗只能作罢。

有一次，唐玄宗照镜子，摸着自己有些消瘦的脸庞发呆，旁边的小太监趁机说：您看，自从韩休任相以来，陛下您越来越瘦，也没法尽兴玩乐，还不如把韩休给罢免了吧。唐玄宗却说：吾貌虽瘦，天下必肥。前一任宰相萧嵩每次奏事，都会顺着我的意思。我退朝之后，常睡不安稳。韩休多次谏言，我退朝之后，反而睡得安稳。我用韩休为相，是为国家社稷考虑。

透过韩休墓的壁画，我们能想象这位刚正不阿的相爷也会经常约束自己，励精图治，远离宴乐歌舞。

但"白日放歌须纵酒""一日看尽长安花"的唐人，哪个没有听到过琵琶的激越、羌笛的苍凉，哪个没有见识过胡旋的欢快、剑舞的飞扬呢？无论贤相怎样规劝皇帝，这种生活始终陪伴着唐人，从生到死。

经过29年的励精图治，在玄宗君臣的齐心治理下，"贞观之风，一朝复振"。大唐进入了一派物华天宝、富庶繁华的盛世年景。

韩休墓《双乐队双舞图》

04

西北大学历史地理学教授李建超研究唐长安城已近70年，他走遍了西安城的每一个角落。他说西安北郊有个村子叫雫雫村，在赵围村之南。1000多年前，这里曾是浩渺的人工河——漕渠，它连通着黄河、灞河，直到长安东郊的望春楼，中国历史上最早的全国大宗商品水运博览会，就是在这里举办的。

天宝二年（743）的农历三月二十六，200多艘满载江南物资的货船浩浩荡荡开到广运潭，每一艘船上都写着一个地名，船舱载满当地的特产。"潭里舟船闹，扬州铜器多。三郎当殿坐，听唱得宝歌。"一个嘹亮的男声歌唱着，身后近百名盛装美女齐声应和，两岸百姓欢呼声不绝于耳，观者无不惊骇赞叹。

此时的唐玄宗是何等的志得意满！

论人口，武则天统治结束时，全国3700万；到了天宝元年，这个数字上升到4890万；天宝末年，竟达5288万。

论粮食，天宝年间，年人均粮食占有量为700斤，这是 1949 年以后直至 1982 年才达到的数字。

论治安，天宝元年，全国一共才判处死刑 58 人，商人带着大宗货物千里奔波，竟然连刀子都不带，朝野上下一派锦绣祥和、物阜民丰的气象。

已近花甲之年的唐玄宗远眺水面宏阔，近观船舶云集，看万民欢乐，欣然提笔，将这里命名为"广运潭"。

玄宗自己就是书法家，他亲自撰写了《孝经》，希望通过提倡孝道，首先把皇家的内部秩序整顿好，并在全国推行孝悌之道。

在中国历史上，皇家同室操戈、兄弟相残的情况屡见不鲜，唯有玄宗的兄弟们大都名位显赫，平安一生，《新唐书》盛赞"天与之报，福流无穷，盛欤"。

玄宗时期，大唐的文化无比繁荣。张旭、颜真卿堪称中国书法艺术的高峰，二人以其炉火纯青、出神入化的技艺在中国书法艺术史上巍然屹立；李白、杜甫、王维及吴带当风的吴道子，这些璀璨的历史名人站在盛唐的天空下，将中国书法、诗歌、绘画推向了历史的高峰。

玄宗时期的盛唐是一个歌诗遍地的时代，就连戍边战士的战袍中也写着缠绵的诗句：沙场征戍客，寒苦若为眠。战袍经手作,知落阿谁边?蓄意多添线,含情更著绵。今生已过也,结取后生缘。

朝气蓬勃的唐人崇尚运动。马球是当时最时尚的体育运动之一。李邕墓曾经出土过一幅描绘马球比赛的壁画。李邕是李隆基的叔辈,李唐皇族之一,擅长打马球。唐中宗时,还是临淄王的李隆基与李邕搭档,加上两个驸马,4人组成唐朝马球队,打败了吐蕃10人的马球队。壁画描绘的就是这次比赛的场景。

铜川耀州黄堡窑、河南巩县窑出土的唐三彩制品,器物有生活用品,模型有仓库、厕所等,俑类有贵妇、达官、胡人及马、骆驼、鸳鸯等。这些文物足以反映那个时代的物阜民丰。

五陵年少金市东,银鞍白马度春风。落花踏尽游何处,笑入胡姬酒肆中。

稻米流脂粟米白,公私仓廪俱丰实。九州道路无豺虎,远行不劳吉日出。齐纨鲁缟车班班,男耕女桑不相失。

开元盛世,海内富实。唐玄宗恢复贞观制度的治国方略,有了最切实的回报。

唐玄宗把《秦王破阵乐》改成庞大的乐舞表演,又原创一曲奢华安逸的《霓裳羽衣舞》,乐舞的主角便是唐玄宗此生最重要的女人——贵妃杨玉环。

杨玉环是舞蹈家，心性纯厚。据《明皇杂录》记载，有一个叫谢阿蛮的平凡女伶，以善舞著称，杨玉环喜欢她的舞蹈，特许她进宫，互相切磋教习，这一点与唐玄宗亲自教习乐工技艺颇为相似。而且杨玉环与唐玄宗一样精通音乐，她以弹琵琶见长，还是击磬高手。

唐明皇在花甲之岁遇到了他人生的知音。一个是经历了30年奋发图强的盛世天子，一个是天性纯真能歌善舞的靓丽佳人，二人经常一起研究乐舞，心性相通，情浓意浓。

"春宵苦短日高起，从此君王不早朝。"华清宫内歌舞升平，在这唐朝极盛之世，唐玄宗李隆基的"君欲"出现了，武惠妃之死带给玄宗的哀伤，转化为与杨贵妃的两情相许。

在与杨贵妃的欢爱中，花甲之年的唐玄宗意志渐渐衰退，他高居皇位太久了，27岁荣登大宝，励精图治30年，而今天下太平，他只想与心爱的女人共享安乐。

05

然而，此时的盛唐，却正经历着由经济文化的高度繁荣所带来的社会生活变迁。

唐朝原来实行的是均田制，与之配套的是府兵制，但是因为开元天宝时期经济高度发展，土地兼并日益严重，失去土地的农民成为流动人口，这就要求赋税由人头税向资产税和流通税转变。但是新的税收制度很难马上构建，原来的农业税、人头税难以征收，于是就增加大量官僚，重复征税。官僚增加，监督却跟不上，导致腐败和社会不公。原来的"稻米流脂粟米白"变成了"朱门酒肉臭，路有冻死骨"。

玄宗没有继续贯彻制度创新、重视人才的理念，他亲手打破了自己在开元之初定下的规矩，直接下令给吏部，任命军人牛仙客为六部尚书，一个没有太多文化的人却进入了权力中心。

此后，唐玄宗时期最后一个贤相张九龄被罢黜，李林甫大权独揽。他口蜜腹剑，排除异己，只手遮天，那些有过异议的官员，不是被贬就是丧命。短短几年，朝廷内外均以李林甫马首是瞻，正气不再，当年答应姚崇"行法治"的承诺，被玄宗丢进了乐舞池中。

天宝十三载（754），秋收的时候到了，长安城却阴雨绵绵。

此时接替李林甫任宰相旳是杨国忠。杨国忠倚仗杨玉环兄长的身份，更加恣意胡为，他将选官制度破坏得更为彻底。原来需6个月完成的官员任命，在他那里一天便宣告结束，选官的小吏们根据自己获取好处的多寡来决定官员的任命，腐败滋生，贤士远遁江湖，人才流失严重。

玄宗对连日来沉默少言的高力士说："淫雨不已，卿可尽言。"高力士回答："自从陛下将权力假手于宰相，赏罚无章，阴阳失度，臣何敢言！"唐玄宗一时语塞，他沉默良久，雨打屋檐，君臣二人各怀心事，彼此无语。

唐玄宗承平日久，创立过功业，相当自满，忽略了社会变化需要他继续以明智应对。

如果从人性的角度剖析皇权制度的缺憾，那么只能说：李隆基多才多艺又多情，爱好广泛，必然会花费精力在自己的才艺方面，晚年又遇到一个艺术方面的知己美人，当然更愿意享受生活，可终身的皇帝职位偏偏需要他时刻励精图治。在国家和生活之间，他做了一个自私的选择。

这时，胡人安禄山出现在盛唐的舞台上。

唐玄宗信任安禄山，不惜一切代价恩宠安禄山，他让安禄山担任3个边疆的节度使，一人管辖20万大军；他让杨贵妃与安禄山母子相称，完全不理会安禄山比贵妃年长16岁的事实；他还允许安禄山在朝堂宴会上坐在自己御座的旁边，享受一人之下万人之上的礼遇；至于赐予安禄山的金银财宝，更是难以计数。

此时的盛唐，管理制度更多被个人关系取代，自然埋藏了诸多隐患。

天宝十四载（755）的一个艳阳天，唐玄宗不无得意地对高力士说："朕如今老矣，朝事付之宰相，边事付之诸将，还有什么忧虑挂在心间！"高力士回道："臣听说云南战事几度失利，那些拥兵太盛的边将，陛下用什么与之相抗衡？一旦灾祸来临，恐怕没有挽救的余地，怎么能没有忧惧呢？"

没想到高力士一语成谶，他最忧虑的事终于发生了。就在这次谈话的几个月之后，渔阳鼙鼓动地而来，将盛唐推向衰落的安史之乱爆发了。

此时的唐玄宗已是古稀老人，他带着杨贵妃和部分皇族与卫兵西出长安逃向巴蜀。曾经无限锦绣的长安城惨遭兵燹，玄宗亲手建起的盛世长安，在大火中落下帷幕。

公元757年，72岁的玄宗从巴蜀回到长安城，身边只剩下同样白发苍苍的高力士。

公元762年，当玄宗的生命即将走向终点之时，高力士也因为同僚的嫉妒而被判处流放边疆，年迈的玄宗身边不再有可倚重、信任之人。

77岁的玄宗，孤独地死于太极宫中。玄宗的泰陵，没有展示他亲手开创的盛世之象。静静矗立的石像生，在夕阳中默默吟唱着一代天子的悲歌。它们的体格仍旧健硕，身姿仍旧挺拔，只是在壮阔的身影下，它们的神情渐趋平和，不似乾陵或桥陵的文武大臣那般傲视天下，旷达不羁。

文臣雍容，武臣勇武，大唐风韵仍在，凌厉的威势仍在，只不见了唐玄宗，不见了大军阵前擂鼓号令的英姿，不见了歌舞场上梨园领袖的风采，不见了兄弟榻上手足情深的温情，不见了流亡途中不忍百姓遭劫的慈悲。

被誉为一代英主的玄宗李隆基，少年英雄，治国有方。他开创了大唐盛世，也亲自埋葬了一个世界大帝国的胜景，中华文明由顶峰开始衰落。唐朝国力急转直下，几致覆亡，从此历史走进了中唐时代。

八 盛世落幕

01

关中平原，八百里沃野，渭河在这里一跃而出。渭河北岸，从西面的乾县到东面的蒲城县，一字排开大唐帝国 18 座帝陵，继续向南，11 座西汉帝陵横卧咸阳原。

东方帝王谷的中国古代帝王陵寝，是伫立在关中大地的历史博物馆，展示着中国古文明的盛世光芒。

靖陵是唐十八陵中年代最晚的一座。

迄今为止，靖陵是唯一一座进行了考古发掘的唐代帝王陵，也是除了明万历皇帝的定陵外，第二座被考古发掘的中国皇帝陵。相比于祖辈的陵园，靖陵的气势显然衰微了太多，然而毕竟头顶帝王陵寝的光环。20 世纪 90 年代，这里竟 7 次被盗，最严重的一次发生在 1994 年 12 月 30 日夜里，盗墓贼使用了定向炸药，硬生生炸开一个深达 16 米的盗洞。

这一声炸响，让文物部门做出了抢救性挖掘靖陵的决定。1995 年初，经陕西省文物局批准，由当时还是陕西省文物考古研究所的专家们主持，对靖陵进行了全面的考古发掘。

考古队员们打开墓门，进入墓道，那个深达 16 米的盗洞触目惊心地映入了考古队员的视野。

墓中壁画只剩原来的三分之一，壁画无论是内容还是笔法，与已经出土的那些盛唐壁画完全无法相比。墓室内东西散乱，文物已被严重破坏，艺术价值和文物价值乏善可陈，唯有一些刻字的玉片，让考古队员们觉得珍贵。经过整理研究发现，这正是唐代开始出现的玉哀册，也就是帝王下葬时诵读的哀悼文，上面的文字佐证了墓主人的身份：唐末倒数第三个皇帝，唐僖宗李儇。

那么，掩埋在墓室淤泥中的那几块人骨，或许就属于这位皇帝或者是他的皇后。唐僖宗的棺木早已腐朽，而他所用的棺床上竟然也有刻字！这些字并不难辨认，很快，人们就辨认出了上面的字迹。可是，辨认之后，所有的考古队员几乎都出现了片刻的沉默，唯有唏嘘声回响在墓室。

僖宗的棺床竟然是由乾陵的陪葬墓中尚书左仆射豆卢钦望和左仆射杨再思的墓碑改做成的。考古人员推测可能是当时国库实在空虚，工匠只好就地取材。

堂堂的大唐天子，竟用前人的陪葬墓石碑做棺床，这是怎样的一种悲哀！

从乾陵到靖陵，相距不到数里地，时间跨度不过两百来年，唐王朝竟到了如此山穷水尽的地步！

02

即使荒嬉如唐僖宗，他的格局和眼光也曾被人赞叹。

成书于公元 916 年的阿拉伯古文献《中国印度见闻录》中记载了这样一个故事：

唐僖宗在朝堂之上，曾经接见过一位名叫伊本·瓦哈卜的阿拉伯阿拔斯王朝巴士拉城的商人。唐僖宗很关注阿拉伯人对于世界各国的君主及其国力强弱的评论，他希望从商人那里得到答案，然而商人不知道该如何回答。唐僖宗于是将自己的想法告诉了他，唐僖宗说：世界上的诸位君主，我只重视 5 个。第一就是阿拉伯阿拔斯王朝的国主，阿拔斯疆土广大，其余的王国都围绕着它，它的国主是"王中之王"；第二就是我国皇帝，是世界上最善于治国的君主，君臣关系和谐，臣民对皇帝的忠诚是任何国家所不能比拟的，是"人类之王"；第三是"狮子王"，就是突厥国王；第四是"象王"，印度王，也称为"智慧之王"；第五是拜占庭王，我们称他是"美男之王"，因为世界上的男子都不如拜占庭的英俊。这五王是世界诸王中的佼佼者，其他君主都无法与之相提并论。

这段文字有可能因为是阿拉伯人所记载，为迎合本国国民的心理，改了顺序。不过这段对话反映了唐人对世界的了解。

在阿拉伯商人的眼中，唐僖宗是一个聪明、睿智、好学、知识渊博而且温文尔雅的君主，与中国历史对他的评价颇有出入。究其原因，应该是在唐僖宗的身后，整个大唐的国家气魄托起了他。唐王朝长期奉行对外开放政策，积极开展域外探索，从而带来全新的对于世界的认知理念。

伊斯兰教的创始人穆罕默德，用《古兰经》鼓励他的门徒说："为了追求知识，虽远在中国，也应该去。"从公元 651 年唐高宗时代开始，阿拉伯便遣使与唐朝通好，在此后的 148 年间，终唐一朝，共计来使 39 次。大批阿拉伯商人来华经商，他们中的很多人在中国定居落户，长安、洛阳、扬州、广州、泉州，到处都有他们的足迹。公元 848 年，唐宣宗大中二年，阿拉伯商人的后裔李彦生在长安高中进士，成为一时佳话。

公元 651 年，当阿拉伯人遣使与唐朝交好时，曾经强盛一时的萨珊波斯王朝落下了帷幕。它的最后一个国王被阿拉伯人杀死于磨坊之内，波斯王子卑路斯于是开始逃亡生涯。他想到的求助对象，是东方更为强大的唐朝。

公元 661 年，卑路斯遣使向唐朝求援，唐高宗派特使进入中亚，于今日阿富汗境内成立波斯都督府，册封卑路斯为波斯王。后来，在阿拉伯军队的不断逼迫下，卑路斯沿着丝绸之路一路东逃，最后抵达长安，强大的盛唐在自己的国土上给了他庇护。大唐皇帝封他为右威卫将军，准许他在醴泉坊成立波斯胡寺，作为流亡的波斯人聚会之所。

卑路斯最后死于长安，他的塑像永久陪伴于大唐皇帝陵旁，他的子孙则承袭了"波斯王"的封号。大唐用包容的中华文化和仁者之心先是给了波斯人国际援助，后又给了亡国的波斯人安宁的家园。

而波斯人则将自己制造金银器的技艺和音乐、舞蹈艺术输送给了大唐。

法门寺出土的一些茶具上都刻有"五哥"的字样，这是唐僖宗幼时在宫中的爱称，这些精美的皇家用品属于唐僖宗个人所有。

公元874年，唐僖宗刚登上皇位，即遵从父亲的遗命，将佛指舍利奉还给法门寺，并遵照佛教的最高仪轨，用上千件皇家珍宝在法门寺地宫完成了举世无双的地下礼佛仪式。

唐朝既能以自身之强散发出强大辐射力，又能因自身发展的需要而产生巨大的包容力。外来文化与中国传统文化互相融合，为唐人插上了想象力和创造力的翅膀。

国宝级文物鎏金双狮纹银碗采用了在碗壁上以锤揲技术制作出凹凸纹样的手法，这种方法在中亚、西亚乃至地中海沿岸都十分流行，是西方古老的文化传统。而银碗中双狮的对称布局，又符合中国传统审美的均衡对称要求，狮口所含折枝花以及用作碗体装饰的如意云头纹，也是典型的中国传统纹样。这件文物是一件典型的中西合璧之作。

出土于何家村的近千件金银器，其中以金筐宝钿团花纹金杯最引人注目。金筐宝钿团花纹金杯，是对萨珊式金银器的模仿和改造。所谓"金筐宝钿"，考古学家们在法门寺出土的物帐碑中得到了确切答案：指在器物表面焊接由金丝编成的外框及细密的金珠，再镶嵌以宝石。

当年何家村遗宝的主人、专门负责征收租庸调税的官员刘震遭逢泾原兵变，唐德宗出逃今日的乾县，刘震在仓皇之中将宝物埋于地下。1970 年何家村遗宝出土时，金杯上的宝石尽失，我们只能面对它玲珑的造型、精美的做工想象它当年的盛世姿容。

狩猎纹高足银杯是受拜占庭器物形制影响的艺术精品。狩猎图所占面积仅有 4 厘米左右，场面却波澜壮阔，追逐的马、逃跑的野猪等四蹄全部成水平状张开，它们都在以极限的速度飞驰。人物的衣着纹饰、面目五官都十分清晰，骏马奔跑的肌肉变化、缰绳、鞍鞯，甚至杏树的叶子都刻画得惟妙惟肖。

中国古人喝酒不用高脚杯，夏商周时期用爵，汉晋时用耳杯，隋唐以后则多用碗。高足杯是希腊、罗马的传统，而缠枝花卉和狩猎图案则是中国人的审美喜好。

唐代，完成了金银器制造的中国化进程。

03

《明皇杂录》和《旧唐书》记载，唐玄宗曾命人训练专门用来跳舞的马，称为"舞马"，共 100 匹。每逢兴庆宫宴会，舞马作为压轴表演于黄昏时登场，乐师奏响《倾杯乐》，30 匹骏马昂首甩尾，按照节拍纵横舞动。唐人诗云："更有衔杯终宴曲，垂头掉尾醉如泥。"千百年来，人们对此诗的争论从未停止：可以衔住酒杯的舞马，是真实的吗？

陕西历史博物馆共珍藏 18 件国宝级文物，其中有两件从不出境展览，鎏金舞马衔杯银壶就是其中之一。

壶体扁圆的形制来自契丹，金银锤揲技术来自波斯。唐人大胆地借鉴着外族的精彩，结合自己的优势，为我们留下这样一件旷世绝美之作。

最令人惊叹的是，这两匹鎏金骏马虽然颈系飘带，口衔酒杯蹲坐于地，一派为人表演的姿势，却无半点谄

舞马衔杯纹皮囊式银壶

媚。其睥睨的眼神和健硕的身姿是如此优雅，似乎在告诉我们，是盛唐的雍容气度造就了如此从容自得、怡然快乐的神情。

假如你穿越到唐朝的长安街头，你会看到妇女身披仿自印度的披肩，头戴仿制萨珊波斯的头饰；男子戴胡帽，蹬胡靴；繁华的街市上随处唱响着胡乐。来自西域的琵琶是唐人最主要的演奏乐器，来自拜占庭的拂菻舞、来自中亚石国的柘枝舞为唐人所热爱。

还有声名远播的胡腾舞和胡旋舞，"中有太真外禄山，二人最道能胡旋"。不但唐人"人人学圆转"，长安的大街小巷更是常见异邦人的身影。"胡旋女，胡旋女，心应弦，手应鼓"，"柘家美人尤多娇，公子王孙忽忘还"。带着飞鹰和芙蓉剑的侠客，千娇百媚的仕女，妖童和宝马，昆仑奴和新罗婢，在长安的大道上你来我往。

这里还是各大宗教和谐并存的热土，本土的道教，由印度传来的佛教，从西方流入的摩尼教、袄教、伊斯兰教和景教，大家各携信众，各行其道，在盛世长安讲信修睦，其乐融融。"北堂夜夜人如月，南陌朝朝骑似云"，这就是唐时的长安城，世界各地的人们带着世界各地的风情物产，聚集在这里，玉辇纵横，金鞭络绎，

"万国衣冠拜冕旒"。

这就是盛世的长安城，一个最能代表盛唐气象的地方。

现在，这里依旧繁荣，不过，它的名字变成了西安。

"买东西"一词来源于唐长安城的集市——东市和西市。唐时，东西两市是最大的商业设施与机构，东市为达官贵人服务，西市是大众市场，是国际商贸中心。每天天明时，街鼓擂响 300 声，坊市开启。

象征人类文明标志的中国城市，由氏族聚落的城堡开始，于盛唐的长安城达到高峰，长安，成为享誉世界的国际大都市，是中国封建帝都理想的完美"京样"。

04

长安城不仅仅影响了中国城市的布局发展，其影响更是远至海外。

当我们东出蓝色大海，便会遇到一个文明地带——日本。与中国隔海相望的日本，深受中华古文明的影响和浸润。美丽的奈良古城，就是仿照隋唐长安城建造而成的，面积约相当于长安城的四分之一。公元 710 年到 794 年，大致相当于唐玄宗时期，奈良是日本的国都，被称为"平城京"。盛时，平城京城中人口达一二十万。贵族宅邸、役所、寺院等建筑物有着红色柱子、雪白墙壁，屋顶则盖有瓦，与长安城建筑风格相似。

高松冢位于奈良县高市郡明日香村，古称桧隈，四周分布有天皇陵。1970 年在那里考古发现的 7 世纪后期壁画，受到唐代文化的影响，其中人物群像图与陕西唐永泰公主墓壁画非常相似，其丰腴的体态、垂落的裙裾，仿若唐朝宫廷仕女。高松冢古坟壁画被日本政府定为国宝。

正仓院，位于奈良东大寺大佛殿西北面，始建于 8 世纪后半叶，是联合国教科文组织 1998 年公布的世界文化遗产古奈良的历史遗迹的一部分。正仓院收藏有诸多宝物，主要来源有从唐代传入日本的中华精致文物、西域文物和奈良时代模仿或创造之物。其中一件螺钿紫檀五弦琵琶的纹饰中绘有一个骑在骆驼上的乐手，展示了丝路中国西北风光。还有来自中国的唐代非常盛行的横刀。

日本第五十二代天皇爱慕汉学，在国内大力推行唐化政策，从礼仪、服饰、殿堂建筑一直到生活方式都模仿得惟妙惟肖，他本人在诗书音律上也有相当的造诣。其派出的遣唐使曾参与唐德宗崇陵的修建，而崇陵修于嵯峨山上，因此日本天皇改称嵯峨天皇，且京都的一座山也改名为嵯峨山。

公元 593 年，圣德太子摄政后，初步确立中央集权制和皇权中心思想，削弱了氏姓贵族奴隶主的保守势力。640 年，圣德太子派到中国留学多年的高向玄理、留学僧南渊请安归国，他们将隋唐的封建统治制度和思想文化带回日本并传授给皇室贵族，为日本封建化提供了思想基础。在此基础上，645 年，日本发生了一场以学习模仿中国政治经济制度为内容的社会政治变革运动——大化革新。藤原不比等于大宝元年（701）编成《大宝律令》，最后完成大化改新，实现了以开元盛世的唐朝为楷模的天皇制国家的理想。

唐朝以博大宽厚的气度和谦虚诚恳的心态，同世界各国所进行的经济文化交流，其规模、层次和力度都堪称中国古代之最，大唐文明也因此显示出强烈的世界性。

　　唐僖宗原来并不叫李儇,而叫李俨。

　　在《说文》中,"俨"是昂首之义,《尔雅》中解释为恭敬庄重的样子。当年李俨还未满 12 岁,他的父亲唐懿宗眼看就要一命呜呼了,中唐以来势力逐渐壮大的宦官们,担心自己在新皇帝面前没有功劳,索性杀害了唐懿宗已经成年的长子,拥立体弱的少年、唐懿宗第五个皇子李俨即位。

　　从此李俨改名为李儇。

　　儇,《说文》释义为敏慧。《荀子》中,"儇"为美丽轻佻浅薄之义。是 12 岁的孩子自己要改名,还是宦官们主持改名?历史没有留给我们更多的细节,只是令人感慨的是,李俨成为李儇后,他的秉性和命运就朝着其名字所寓意的方向而去了。

　　唐僖宗确实天资过人。他遗传了李唐王室多才多艺的特性,骑射、剑槊、法算、音乐、围棋,无一不熟,无一不精。尤其是马球,更是百分之一百地迷恋,而且技艺高超。他曾经不无得意地对身边的优伶说:"朕若参加击球进士科考试，应该能中状元。"优伶回答："若是遇到尧舜这样的贤君做礼部侍郎主考，恐怕陛下会被责难而落选。"优伶并没有因为这个回答而受到责罚，贪玩的小皇帝并非残暴的君主，他一笑了之，继续自己的骑马打球之乐，国事和政事则全部交给了自小伺候他的宦官田令孜。此时的大唐早已不比往日。

"国有九破，陛下知之乎？""今天下苍生，凡有八苦，陛下知之乎？"唐僖宗的父亲唐懿宗在位时，翰林学士刘允章曾写下《直谏书》，历数国家的9种弊端、黎民百姓的8种苦难。当时的社会，终年兵乱，蛮夷搅扰，豪族僭越，大将不朝，大建佛寺，官吏残暴，行贿受贿，但食君禄却不上缴国税。老百姓赋税沉重，有冤无人理，有屈无处伸，有病不得医，有死不得葬。

到了唐僖宗时期，朝廷大员朋党相争，宦官专权，藩镇割据的流弊愈演愈烈，而小皇帝只有嬉戏游乐的天赋，却无治国理政之才，更没有励精图治的理想。

终于，在小皇帝的玩闹中，王仙芝和黄巢的农民起义先后爆发了。声势浩大的农民军攻克洛阳，直捣长安。

公元880年，18岁的李儇只得随着田令孜仓皇出逃，成为继玄宗后又一位避难四川的唐朝皇帝。4年之后，黄巢在唐朝各边疆节度使的联合打击下，兵败自尽。唐僖宗终于可以重返长安。

然而这时，唐朝200多年的基业已经不复旧貌，再难恢复元气了。黄巢起义后，唐朝的时局岌岌可危。藩镇割据更甚，朝廷已无力控制，太监与地方豪强争权夺利，动乱频仍。

李儇12岁登基，在位15年，经历两次大规模农民起义，历时10年。后又遭遇长安襄王称帝事件，历时两年，这一事件让李儇第二次出逃长安。当他再一次重返长安时，自幼体弱的李儇终于倒下了。

公元888年，李儇暴崩于武德殿，年仅27岁。9个月后，他就被草草安葬于靖陵：就地起封土为墓，用前朝大臣的墓碑做石棺，没有任何陪葬墓。

靖陵，只是为整座东方帝王谷注上了一个时间的节点，它是整座帝王谷的最后一个皇帝陵。它再也没有依山为陵的大唐气势了，甚至都无法仔细斟酌选址——它西距乾陵只有4.5公里。相对于乾陵，靖陵显得那么渺小可悲，它极不相称地依附在乾陵身边，似乎在可怜巴巴地向祖先乞怜。强烈的反差，仿佛在吹奏一曲晚唐的悲歌。

李儇死后的第十六个年头，唐王朝也走到了历史的尽头。然而，大唐的赫赫声威却持续影响着这片土地上的人们。

06

　　人们知道，唐代是繁荣鼎盛、物华天宝的时代。唐人崇尚厚葬，奇珍异宝满藏地下，就是地上陵园也有着恢宏的气度。雄伟瑰丽的自然风貌，那些高山巨石所呈现出的磅礴气势，无不吸引着后人的注意。

　　黄巢成为唐帝陵的第一个强劲破坏者。他占领长安后，带领军队光天化日之下大肆劫掠唐帝陵，至今在乾陵仍能看见他率人挖掘的一条长约1公里的沟，当地人称之为"黄巢沟"。

　　五代十国的后梁人温韬，是唐帝陵令人发指的最大盗墓贼。在担任耀州节度使的7年时间里，温韬挖掘了关中十八陵中除乾陵外的17座帝陵，敛取陵中金银珠宝难以尽数。

　　宋代开始，统治者开始恢复唐帝陵的原貌。其后的各个朝代都对唐帝陵加以保护，现在我们看到的唐帝陵碑，都是清乾隆时陕西巡抚毕沅所立并亲笔题写碑文。

　　关中唐代帝陵是唐文明的承载者，是盛唐气象的物化代表。然而，因为文物考古的科学真义，我们现在无法对帝陵进行考古探索，除了仅有的针对靖陵进行的抢救性挖掘，其他帝陵都按历史的原样封存。

　　缔造大唐盛世的君主们，如今都静静地躺在崇山峻岭之中，躺在层层封土之下，他们的无限荣光，我们还能去哪里找寻？

　　靖陵，是大唐盛世落幕的一曲挽歌。

后记

    虽曲终人散，但盛世的光辉仍然照耀史册，文明的传承仍然世代相继。

    在中国版图的中央，雄踞着莽莽黄土高原、巍巍大秦岭。黄河的最大支流渭河，由西向东，在南北山脉的夹角处奔涌而下，冲击出一个沃野千里的关中平原。

    占尽天时地利的关中平原，当仁不让地成为孕育文明的圣地之一。唯有开放的盛世，才能有中华文明的影响及传播，使我泱泱大国傲立于人类民族之林，雄居于世界的东方。

    东方帝王谷，蕴含着和周的创新、强秦的进取、雄汉的开拓、盛唐的开放，堪称中华民族复兴之源。

    它像一条波澜壮阔的长河，源远流长的历史进程，标示着世界文明大格局中的中华文明成长的面孔。

由此，我们将获得当今人类共同体中的中国精神的资源、营养与动力。

新时代开始了，中华民族伟大复兴的中国梦指日可待。

致谢陕西文化产业投资控股（集团）有限公司白玉奇、张英，中央电视台陈方平、谷葳、李美忱，学者易中天、李蕾对本书的帮助。

2015—2017 年于西安三爻

附：唐十八陵踏勘记

2017 年 8 月 21 日

（1）桥陵，唐睿宗李旦陵墓。

开元四年（716）建陵。桥陵依山为陵，位于蒲城县坡头镇安王村北丰山南坡，封内周长 15 公里。

唐睿宗李旦（662—716），唐高宗李治第八子，武则天幼子，唐中宗李显同母弟。初封殷王，遥领冀州大都督。一生两度登基，三让天下，在位 8 年。传位于子李隆基，称太上皇，居 5 年去世，享年 55 岁。

宽阔平整的田原，等待白露后播种又一茬冬小麦，一排石人石马在阡陌间守望着。苍凉，悲壮，千年之间，唯有土地不老。

（2）泰陵，唐玄宗李隆基陵墓。

广德元年（763）建陵。泰陵依山为陵，位于蒲城县东北 15 公里处金粟山西峰尖山之阳，封内周长 38 公里。

唐玄宗李隆基（685—762），唐朝在位最久的皇帝，唐睿宗李旦第三子，母窦德妃。庙号"玄宗"，亦称为"唐明皇"。

从西安出发，先抵蒲城县唐让帝惠陵，此陵不在唐十八陵之列，亦宏大壮观。解说者是一老者，口若悬河，很吸引游客。至玄宗泰陵，石砌神道与金粟山之间是一条曲曲弯弯的土路，河流一样从北到南，由细小到宽阔，直扑眼帘。华表雄起，翼马屹立，无头的石人凝固。从路旁草丛中捡得一枚三角瓦片，也许是唐朝的遗物，霓裳羽衣如今化作泥土，唐朝的背影已经远去。

8月22日

（1）景陵，唐宪宗李纯陵墓。

元和十五年（820）建陵。景陵依山为陵，位于蒲城县三合乡义龙村北金帜山，封内周长 20 公里。

唐宪宗李纯（778—820），唐德宗李适之孙、唐顺宗李诵长子，唐代第十二位皇帝。在位时勤勉政事，力图中兴，从而取得元和削藩的巨大成果，并重振中央政府的威望，史称"元和中兴"。

（2）光陵，唐穆宗李恒陵墓。

长庆四年（824）建陵。光陵依山为陵，位于蒲城县翔村镇光陵村尧山上，封内周长 20 公里。

唐穆宗李恒（795—824），宪宗第三子。即位后耽于宴游，不以国事为意，因马球致病，不理朝政。宦官王守澄与宰相李逢吉相勾结，专制国事，势倾朝野，政治腐败。后服金丹致死。

远远站在村口眺望，陵山如黛，土路尽头隐于草木间。华表断裂，躺在干旱的玉米地畔。高大雄伟的翼马脚下，一垄芝麻在开花敛籽，一缕香风掠过。

（3）定陵，唐中宗李显陵墓。

景云元年（710）建陵。定陵依山为陵，位于富平县宫里镇三凤村北凤凰山之阳，封内周长 20 公里。

唐中宗李显（656—710），唐朝第四位皇帝，唐高宗李治第七子，武则天第三子，两度在位。弘道元年即皇帝位，皇太后武则天临朝称制。光宅元年被废为庐陵王，先后迁于均州、房州等地。圣历二年召还洛阳复立为皇太子，神龙元年复位。终年 55 岁。

神道为梯形田地，长满花椒树。土崖下保留有一孔土窑洞，花格粗布门帘，有庄稼人量晴校雨的乡音传出。远处田地上，矗立着石人的背影，近处土坎上放置一个银光闪闪的铝合金小碗，里边清水晶莹透明，土坎下是一对摘椒的农村夫妇。

（4）元陵，唐代宗李豫陵墓。

大历十四年（779）建陵。元陵依山为陵，位于富平县庄里镇中山村陵里组檀山之阳，封内周长20公里。

唐代宗李豫（727—779），唐肃宗长子。马嵬之变后随肃宗北上，任兵马大元帅，统率诸将收复两京。安史之乱结束，大唐开始走向衰落。后吐蕃占领首都长安15日，唐代宗为求暂时安定，大封节度使，造成了藩镇割据，朝廷政治经济进一步恶化。

做农活的农用车在土路上驶过，他们对游客投以欣喜的目光，意思是什么时候这里也成为旅游胜地了，农民希望不再面朝黄土背朝天，种庄稼苦哇。一尊无头石像倚着一棵老柿树，似在阳光灿烂的秋日里乘凉。

（5）丰陵，唐顺宗李诵陵墓。

元和元年（806）建陵。丰陵依山为陵，位于富平县曹村乡前村北金瓮山之阳，封内周长20公里。

唐顺宗李诵（761—806），唐德宗李适长子。唐德宗驾崩后继位。同年八月，被迫传位给太子李纯，自称太上皇，次年驾崩。

暴雨如注，在陵前躲雨时，随机进入一院落。老人九十有五，有点驼背，仍身康体健，是一位老中医。院落宽绰，果木可人，抬眼屋顶上即是金瓮山之巅的佳景。神道在土崖山坡间，石刻多埋于地下。少时天晴，观柿子博物馆，此地盛产柿饼，远销日本、韩国。

手记道：登临马家坡，曹村回首望。房东九旬翁，中医正坐堂。屋后虎头山，埋着唐皇上。石榴和柿子，雨后泛秋光。

8月23日

（1）章陵，唐文宗李昂陵墓。

开成五年（840）建陵。章陵依山为陵，位于富平县齐村乡支沟村天乳山之阳，封内周长20公里。

唐文宗李昂（809—840），唐穆宗李恒第二子，唐敬宗之弟，母贞献皇后萧氏。登基时年仅18岁，在位14年，执政期间政治黑暗，官员和宦竖争斗不断，是唐朝社会走向没落的时期，形同傀儡，抑郁而终，享年32岁。

（2）简陵，唐懿宗李漼陵墓。

咸通十四年（873）建陵。简陵依山为陵，位于富平县庄里镇山西村紫金山之阳，封内周长20公里。

唐懿宗李漼（833—873），唐宪宗李纯之孙，唐宣宗李忱长子，母曰元昭皇后晁氏。宣宗病死后，被宦官迎立为帝。在位 14 年，终年 41 岁。

（3）庄陵，唐敬宗李湛陵墓。

大和元年（827）建陵。庄陵堆土成陵，位于三原县柴窑村东南 5 公里处，封内周长 20 公里。

唐敬宗李湛（809—826），唐穆宗长子。父亲穆宗逝世，即位枢前，时年十六。即位后奢侈荒淫，沉迷击鞠，喜欢半夜在宫中捉狐狸。宦官王守澄把持朝政，勾结权臣李逢吉排斥异己，败坏纲纪，导致官府工匠突起暴动攻入宫廷事件。后为宦官刘克明等人杀害，终年 18 岁。

土丘柏树苍翠，旁边有小型广场，碑石高矗，沿土丘四周是铺设的便道，呈圆形，有专家建议改为方形便道，与封土的形制相和谐。

（4）端陵，唐武宗李炎陵墓。

会昌六年（846）建陵。端陵堆土成陵，位于三原县徐木乡桃沟村，封内周长 20 公里。

唐武宗李炎（814—846），唐穆宗第五子，文宗弟。文宗病重，仇士良、鱼弘志矫诏废皇太子，立李瀍为皇太弟。同月文宗去世，李瀍即位，次年改元会昌，会昌六年下诏改名为炎。任用李德裕为相，对唐朝后期的弊政进行改革。崇信道教，下令拆毁佛寺，扩大了政府税源，巩固了中央集权，史称"会昌中兴"。

碑石立在荒草中，边上是庄稼地。

（5）献陵，唐高祖李渊。

贞观九年（635）建陵。献陵堆土成陵，位于三原县徐木乡水合村与富平县南庄南里村，封内周长10公里。

唐高祖李渊（566—635），陇西成纪人，唐朝开国皇帝。出身于北周贵族家庭，7岁袭封唐国公。隋末天下大乱时，乘势从太原起兵，攻占长安，接受其所立的隋恭帝的禅让而称帝，建立唐朝，定都长安，并逐步消灭各地割据势力，统一全国。玄武门之变后，退位称太上皇，禅位于儿子李世民。贞观九年病逝。

游人可以登上小土丘，四望平坦辽阔的田畴。荒草中的石碑前，有一条游人踩出的小径。文管所的小院落内有史迹介绍，墙角有残石块。

手记道：一天跑遍五座陵，穿越唐朝千百年。艳阳秋风今又是，天上何曾胜人间。

8月24日

（1）崇陵，唐德宗李适陵墓。

永贞元年（805）建陵。崇陵依山为陵，位于泾阳县安吴镇蒙家沟村北嵯峨山之阳，封内周长20公里。

唐德宗李适（742—805），唐代宗李豫长子。在位前期信用文武百官，严禁宦官干政，泾原兵变后放弃了以往的观念。执政后期，委任宦官为禁军统帅，战时在全国范围内增收间架、茶叶等杂税，导致民怨日深。在位 26 年，终年 63 岁。

一匹翼马，在蓬勃的酸枣刺丛中跃起，背后是陵山与蓝天上飘浮的白云。似乎云凝固了，马欲腾飞。

（2）贞陵，唐宣宗李忱陵墓。

咸通元年（860）建陵。贞陵依山为陵，位于泾阳县兴隆镇崔黄村北仲山南麓，封内周长 60 公里。

唐宣宗李忱（810—859），唐宪宗李纯第十三子，穆宗李恒异母弟。唐武宗死后，以皇太叔的身份为宦官马元贽等所立，在位 13 年。勤于政事，孜孜求治，整顿吏治，并且限制皇亲和宦官。击败吐蕃，收复河湟，安定塞北，平定安南。其性明察沉断，用法无私，从谏如流，重惜官赏，恭谨节俭，惠爱民物，人谓"小太宗"。享年 49 岁。

旷野上有棉花地，正开粉白的花。石像散落于秋田中，有的被结满酸枣的刺和蒿草所簇拥。可远望一头狮子在青纱帐里仰起头颅，对天咆哮。

（3）昭陵，唐太宗李世民陵墓。

贞观十年（636）建陵。昭陵依山为陵，位于礼泉县东北九嵕山，封内周长 60 公里。

唐太宗李世民（598—649），唐高祖李渊和窦皇后的次子，唐朝第二位皇帝。少年从军，曾去雁门关营救隋炀帝。唐朝建立后，官居尚书令、右武候大将军，受封为秦国公，后晋封为秦王，在唐朝建立与统一中立下赫赫战功。武德九年（626）发动玄武门之变，杀死自己的兄长太子李建成、齐王李元吉及二人诸子，被立为太子，唐高祖李渊不久退位，李世民即位，改元贞观。在位期间，听取群臣意见，对内以文治天下，虚心纳谏，厉行节约，劝课农桑，使百姓休养生息，国泰民安，开创了贞观之治；对外开疆拓土，被尊称为"天可汗"。贞观二十三年（649）因病驾崩于含风殿，享年 51 岁。

车辆盘旋而上，抵后山景地，有山门遗址和六骏石刻造像。北边沟壑纵横，雾霭浩渺。

（4）建陵，唐肃宗李亨陵墓。

宝应元年（762）建陵。建陵依山为陵，位于礼泉县建陵镇东南武将山南麓，封内周长 20 公里。

唐肃宗李亨（711—762），唐玄宗第三子，开元二十六年（738）被立为太子。安史之乱爆发后，与玄宗、杨贵妃仓皇逃往成都。行经马嵬驿，军士哗变，杀死杨国忠，并逼迫玄宗赐死杨贵妃。同年即位，尊玄宗为太上皇。在位 6 年，享年 51 岁。

千年神道，竟然化成一道沟壑，石人石马隔沟相望，在不同高度的田坎上伫立着。旅游道路正在修建，村人向过往车辆致意。

8月25日

（1）靖陵，唐僖宗李儇陵墓。

文德元年（888）建陵。靖陵堆土成陵，位于乾县阳峪镇南陵村东北，封内周长 20 公里。

唐僖宗李儇（862—888），唐懿宗第五子，12 岁即位，是唐朝即位年龄最小的皇帝，在位 15 年，享年 26 岁。

土丘光秃秃的，四周是刚刚深耕过的田地。有一老一少在艳阳下的田地上打土块。石像被囚在开满野花的铁栅栏内，土路上开摩托车的村人和步行的女人小孩，见有游人车辆，一派喧哗。

（2）乾陵，唐高宗李治与武则天陵墓。

文明元年（684）建陵。乾陵依山为陵，位于乾县城北 6 公里处梁山上，封内周长 40 公里。

唐高宗李治（628—683），唐太宗李世民第九子，其母为文德顺圣皇后长孙氏。唐太宗去世，高宗即位。在位期间，重视发展农业，勤于政事，故而"百姓阜安，有贞观之遗风"。显庆五年（660）以后，经常头晕目眩，影响处理政务，武则天开始参与国家大事，政权向武则天手中转移的趋势逐步形成。在位34年，终年55岁。

正逢周五，游人如织。多年间数次到访此地，乃唐十八陵中影响最大的陵地。